WOLFGANG HERMANN

Die Kunst des unterirdischen Fliegens

Wolfgang Hermann

Die Kunst des unterirdischen Fliegens

Roman

Langen*Müller*

MIX
Papier aus verantwortungsvollen Quellen
FSC® C014496

Umschlagsgestaltung: Wolfgang Heinzel
Umschlagillustrationen: shutterstock/Ladoga (Ballons), shutterstock/Jazzia (Fische)
Satz: Buch-Werkstatt GmbH, Bad Aibling
Gesetzt aus: 10,6/14,25 pt Garamond BQ
Druck und Binden: GGP Media GmbH, Pößneck
Printed in Germany
ISBN 978-3-7844-3369-1

Auch als ebook

www.langen-mueller-verlag.de

Was iss loss mit junge Frauen heut? Sie wollen immer nur Spaß, Spaß, Spaß! Ich will aber heiraten und Familie!

Junger türkischer Taxifahrer, nachts

Wenn du mit jemandem leben willst, brauchst du ihn nicht zu kennen. Aber wenn du jemanden töten willst, musst du ihn kennen wie deinen Bruder.

Blast of Silence

1

Meine Frau hat gedroht, mich zu verlassen, wenn ich mich nicht zum Familienstellen-Seminar anmelde. Sonst ist sie nicht so. Aber wenn sie sich etwas in den Kopf gesetzt hat, dann müssen sich alle anderen danach richten. Und alle richten sich danach. Wie macht sie das?

Ich bin ein Mann der alten Schule. Das heißt, mein Vater war ein Mann der alten Schule. Und er hätte nicht geduldet, dass sein Sohn ein Mann einer anderen Schule wird.

Bei uns zu Hause sah das Mittagessen so aus: Mutter trug das Mittagessen auf, wobei ich ihr selbstverständlich zur Hand ging. Besonderen Wert legte sie darauf, dass wir die drei verschiedenen Salate zu würdigen wussten, die sie wieder einmal zubereitet hatte.

Heute gibt es dreierlei Salate, sagte sie stolz in die Leere des Esszimmers hinein, die mein Vater durch die endlose Landesrundschau auffüllte, die aus dem Radio bellte. Wir sollten alle lückenlos Bescheid wissen über Kanalarbeiten in unserer Heimatstadt, über Gemeinderatswahlen und Verkehrsunfälle. Wenn Mutter, meine Schwestern oder ich sprachen, kam ein scharfes Psst vonseiten meines Vaters, und wenn das nicht half, dann ein: Nun hört doch zu, das ist wichtig!

Seitdem bin ich Hypochonder. Mein Verdauungstrakt reagiert überirdisch sensibel auf Nachrichten beim Essen. Auch Anweisungen und Verbote jeder Art wirken sich bei mir negativ aus. Die Ärzte haben mehrmals meinen Magen gespiegelt, immer ohne Ergebnis. Sie sind eben sensibel, heißt es dann, und man schenkt mir einen Blick, den ich gut kenne. Ich hätte eben auch alte Schule werden sollen, aber es ist schiefgegangen.

Zurück zum Mittagessen. Mutter saß erwartungsvoll bei Tisch und sah meinen Vater und mich an. Ich lobte ihr Essen, besonders auch die Mühe, die sie sich mit den drei verschiedenen Salaten gegeben hatte. Mein Vater hingegen aß hastig, ohne den Blick vom Teller zu heben, als erwarte er, dass sich aus dem Schnitzel, aus der Brokkolistaude jederzeit Ungeziefer lösen könnte, das es in Schach zu halten galt.

Kleinlaut fragte meine Mutter: Schmeckt es dir, Franz? Gebannt starrten wir beide Vater an. Er kaute weiter wie eine Maschine, schluckte und sagte: Wenn es mir nicht schmeckt, sage ich es schon. Und führte die Gabel zum Mund.

Meine Mutter warf mir einen traurigen Blick zu, und ich sagte: Also ich finde es ganz hervorragend, Mutter!

Ein leises Lächeln huschte über ihre Lippen, sie nickte und sagte leise: Danke, ich freue mich, dass es dir schmeckt.

Mein Vater war ein ganzer Kerl. Zumindest trat er so auf. Ich war nicht nur einmal Zeuge, wie er unliebsamen Besuch wie Vertreter, Zeugen Jehovas, Spendensammler mit einem einzigen lässigen Wink zum Verstummen und Davontrotten brachte. Angestellte pflegte er mit ein paar messerscharfen Worten zum Parieren zu bringen. Mein Vater war Unternehmer. Seine Fabrik stellte, soweit ich weiß, Schrauben her. Schrauben und andere Metallteile.

Wenn er ins Haus kam – eigentlich war er immer zu Hause, da die Fabrik direkt daran anschloss, was ihm ermöglichte, uns ganztägig im Auge zu behalten –, roch er nach Metall und Schmierfett. Ich spürte seine Anwesenheit durch die Tür meines Zimmers, bevor er die Stufen in den ersten Stock heraufkam, um ohne Vorwarnung mein Zimmer zu betreten und mir Anweisungen zu geben.

Wenn Vater im Haus war, waren alle Räume von einer sonderbaren Elektrizität erfüllt, auch wenn kein einziges Licht brannte. Wenn er einen Abend außer Haus war, bei einer der vielen Sitzungen des Stadtrats – mein Vater war in der Gemeindepolitik aktiv, außerdem ehrenamtlich im Kontrollausschuss der Stadtsparkasse –, dann saßen meine Mutter und ich im kleinen Esszimmer beisammen, zu Füßen meiner Mutter schnurrte ein Elektroofen, ihre Füße steckten in einem elektrischen Heizschuh, und wir unterhielten uns lebhaft über dies und das, während Mutter eine Näharbeit in Händen hielt. Ich führte für sie den Faden durchs Nadelöhr, da ihre Hände zitterten. Wenn wir die Haustür hörten, schaltete Mutter hastig den Elektroofen aus. Die Heizwärme verriet uns aber. Manchmal überhörten wir die Haustüre über dem Rattern des Elektroofens, und Vater stand vor uns, Verkörperung unseres schlechten Gewissens.

Es ist viel zu heiß hier, sagte er stets und zog das Kabel des Elektroofens aus der Steckdose. Daraufhin sagte meine Mutter kleinlaut: Mir ist kalt, worauf er jedes Mal antwortete: Dann zieh dir noch eine Jacke über! Strom kostet Geld!

Beim Wort Geld fällt mir ein, dass ich damit nicht besonders geschickt umzugehen scheine. Zumindest war das die

Ansicht meines Vaters, für den alles, was ich tat, die reine Geldverschwendung war. Er selbst verwendete den Gewinn, den die Metallfabrik abwarf, nicht etwa für Reparaturen am Haus, einen neuen Elektroofen für Mutter, Reisen oder einen neuen Anzug. Er legte jeden Schilling ausnahmslos in Anleihen und Wertbriefen bei der Städtischen Sparkasse an.

Meine Frau findet übrigens auch, dass ich mit Geld nicht umgehen kann. Deshalb hat sie die Oberaufsicht über unsere Finanzen. Ihr etwas zu verweigern hat, wie ich schon sagte, keinen Sinn. Wenn sie es nicht gleich bekommt, schaltet sie ihr inneres Gefrierfach auf maximale Kälte. Kein Elektroofen vermag den Raum dann zu erwärmen. So geht das tagelang, ein Ende ist nicht abzusehen, es sei denn, der Klügere gibt nach. Und das bin ich, da ich es nicht ertrage, in einem tiefgekühlten Haus zu wohnen. Besonders nachts ist es nicht angenehm, neben einer Tiefkühltruhe zu liegen und den Hauch eiskalten Schweigens in den Schlaf geweht zu bekommen.

Ich gebe also nach, sie hat, was sie möchte, und die Stimmung im Haus verbessert sich merklich.

Bitte verstehen Sie mich nicht falsch. Meine Frau ist ein Engel. Sie ist empört über die Ungerechtigkeit auf der Welt, sie spendet für Amnesty International und Ärzte ohne Grenzen und weiß der Himmel für was sonst noch. Sie hat einen ausgeprägten Sinn für Gerechtigkeit bis ins kleinste Detail. Man kann von ihr alles bekommen. Sie ist freundlich zu fast allen Menschen, außer zu denen, die ihr nicht das geben, was ihr zusteht. Sie ist nicht materialistisch, auch wenn sie leidenschaftliche Cabriolet-Fahrerin ist. Ich selbst ziehe den gedeckten Wagen vor, ich erkälte mich leicht, außerdem fürchte ich einen Hexenschuss. Wie gesagt, meine Frau ist ein guter Mensch. Wir haben Frieden im Haus, da ich es bin, der nachgibt. Der Klügere eben.

Meine Frau hat den strategischen Vorteil, mit besserer Gesundheit als ich gesegnet zu sein. Ich bin eigentlich kein Hypochonder. Zumindest kein richtiger. Da aber meine Frau meint, ich sei es, nehme ich es zur Kenntnis. Urteilen Sie selbst.

Zum Beispiel vertrage ich keine frisch verlegten Spannteppiche. Meine Frau hat neuerdings leider eine Vorliebe für Spannteppiche. Sie hat den Parkettboden in einem Zimmer im obersten Stock des Hauses mit Spannteppich überkleben lassen, weil sie es so schöner findet. Sie sagt, sie hätte das nur getan, um mir zu beweisen, dass Spannteppiche völlig harmlos sind. Sie bestand darauf, dass wir gemeinsam den Raum betreten. Ich tat ihr den Gefallen, obwohl ich wusste, was geschehen würde.

In kürzester Zeit brannten meine Augen, waren meine Lippen spröde und ausgetrocknet. Über meinen Kopf stülpte sich ein unsichtbarer Helm, in meinen Schläfen begann mein Herz zu hämmern. Meine Frau stand neben mir und meinte: Siehst du, es ist nur ein Spannteppich. Er tut dir nichts!

Mir wurde schwindlig. Ich setzte mich auf den Boden.

Ich weiß, sagte meine Frau, du erwartest jetzt, dass ich mich um dich kümmere, dich bemitleide und hätschle. Ich werde dir den Gefallen nicht tun. Ich weigere mich, mich von dir erpressen zu lassen. Ich weigere mich, deinen Krankheitsgewinn zu bestätigen.

Was meinte sie mit Krankheitsgewinn?

Wenn ich dich jetzt bemuttere, dann wirst du in deinem Kranksein bestätigt und du wirst die Bemutterung immer wieder suchen. Ich würde dir damit nichts Gutes tun. Nein, ich kümmere mich jetzt nicht um dich. Ich gehe. Ich weigere mich, die Erpressung zu unterstützen.

Ich hörte, was sie sagte, aber es ergab keinen Sinn, jedes Wort hallte in meinem Kopf wider wie in einer Blechdose. Mir war schlecht. Ich war geistesgegenwärtig genug, um zu wissen, dass ich hier rausmusste. Ich kroch auf allen vieren zur Tür, schloss sie hinter mir und legte mich auf den Flur. Wie gut mir die kühle Glätte des Parkettbodens an der Wange tat!

Meine Frau ging mir mehrere Tage aus dem Weg. Freilich, es war meine Schuld, dass ich den Anfall erlitten hatte. Das sagte ich ihr eines Morgens, als wir uns in der Küche begegneten. Um meine Frau herum lag ein elektrisches Feld. Das erinnerte mich an meinen Vater, der es geschafft hatte, durch seine Anwesenheit das ganze Haus unter Strom zu setzen.

Ich bat also meine Frau um Entschuldigung für meinen Anfall. Sie nickte und schnaubte ein wenig, griff nach ihrer Handtasche und verließ das Haus.

Sie war so freundlich, die Teppichleger, die sie für den nächsten Tag bestellt hatte, wieder abzubestellen. Sie tat das ohne innere Überzeugung.

Natürlich habe ich mich zum Familienstellen angemeldet. Als ich den viele Seiten umfassenden Fragebogen zu meiner Ursprungsfamilie sowie der Familie mütterlicherseits, deren Familie bis zu den Urgroßeltern ebenso wie für die Familie väterlicherseits in Händen hielt, wollte ich aufgeben. Wie sollte ich alle diese Informationen beschaffen?

Ich erinnere mich an die Hungerkuren meiner Schwestern und dass sie mir das Kalorienzählen beigebracht haben, aber das würde beim Familienstellen wohl keinen interessieren.

Alles fing damit an, dass Carola, meine zweitälteste Schwester, das Buch »Iss die Hälfte« von Gayelord Hauser las. Von da an war das Wort Kalorien ein Fixstern in unserem Haus. Carola sprach das Wort Kalorien so aus, als handle es sich um den Schlüssel zu einer Schatztruhe. Doch eine gewöhnliche Schatztruhe konnte es nicht sein, das ahnte ich irgendwie. Kalorien waren der Schlüssel zu einer besseren Welt, das war gewiss. Wer im Besitz des Schlüssels Kalorien war, der war auf dem Weg zu einem schöneren Leben. Das Wort Kalorien brachte einen neuen Glanz in unser Haus, wie wenn im Winter der Schnee sein Licht bis in die dunkelste Ecke wirft.

Ab sofort war essen nicht bloß essen. Essen war eine Welt, die in ihre Einzelteile zerlegt und unter strenge Beobachtung gestellt wurde. Ein harmloser Apfel etwa, den meine Schwestern bis dahin nebenbei und achtlos verschlungen hatten, war bei Weitem nicht so harmlos, wie wir vermutet hatten. Denn ein Apfel zählte mindestens 80 Kalorien. Ich saß vor dem Apfel und überlegte, ob ich ihn essen durfte oder nicht. Carola war die oberste Instanz geworden, an die wir unsere Fragen nach den Kalorien richteten.

Ja, ich war von der neuen Kalorienreligion angesteckt worden, denn ich schämte mich, da ich dick war oder es zumindest glaubte. Ich hatte einen ganzen Sommer lang im Krankenhaus gelegen – ein Auto hatte mich überfahren, mein Oberschenkel war gebrochen, ich lag mit einem

Streckverband zur Bewegungslosigkeit verurteilt im Bett –, meine Mutter besuchte mich regelmäßig und brachte mir Essen mit, und sie meinte es so gut mit mir, dass ich nach dem Krankenhaus ein kleiner fetter Pummel war, mit Busen und Babyspeck. Jedenfalls kamen die Kalorien genau zur richtigen Zeit ins Haus. Meine Schwestern hungerten unter Carolas Aufsicht, bis ihre Augen fast aus den Höhlen traten, während ich nachmittags meine wohlverdienten Haferflocken mit Milch, Kakao und Zucker aß.

Es war schwierig geworden, in Ruhe zu essen, weil in jedem Bissen das Wort Kalorien drin war. Meine Haferflocken waren alles andere als harmlos. Sie hatten nämlich soundso viel Kalorien. Am Abend durfte ich nur einen Apfel essen, wenn ich meinen Mädchenbusen loswerden wollte. Ja, ich war ein Mann oder zumindest würde ich eines Tages einer sein, und Männer haben keine Mädchenbrüste. Also keine Schokolade zwischendurch, keine Leberkässemmel in der Schulpause, kein Eisbecher auf dem Schulweg. Ich nahm meine Hungerkur ernst.

Meine Schwestern hatten mit den Kalorien ihr Lebensthema gefunden. Sie saßen ständig beisammen und redeten über Kalorien. Wenn sie gerade hungerten, fantasierten sie von den wunderbaren Speisen, die sie an den Tagen zwischen zwei Hungerkuren essen würden. Denn es war klar, dass sie nicht immer fasten konnten. Sie halluzinierten von Schokoladentorten und gefüllter Entenbrust, Wiener Schnitzel und Mousse au Chocolat.

Sie gingen mit knurrendem Magen zu Bett, konnten nicht schlafen, bis eine den Anfang machte, in die Küche ging und den Kühlschrank ausräumte. Sie schlugen Eier schaumig, mischten Schlagrahm darunter, süßten mit viel

Zucker. Nichts mehr mit Melasse, Leinsamen und Vollkornreis. Sie aßen, bis sie zu platzen meinten, schworen sich, dass sie ab dem nächsten Morgen wieder strenge Kaloriendiät halten würden, und gingen reumütig zu Bett.

Am nächsten Tag hungerten sie souverän bis zum Abend, wo sie wieder anfingen, laut von kulinarischen Paradiesen zu träumen. Doch sie hielten durch. Am Tag darauf wurden ihre Träume noch heller, die Zusammenstellung der erträumten Speisen üppiger. Am dritten Tag hingen sie wie wintermüde Fliegen, die im Dezember aus einem vergessenen Winkel kriechen, auf der Wohnzimmercouch. Es gab für die drei kein anderes Gesprächsthema mehr, so lange, bis sie wieder über den Kühlschrank herfielen wie ein hunnisches Reiterheer. Danach lagen sie satt und träge erneut auf der Couch, des Essens überdrüssig und ohne Gesprächsthema.

Meine Mutter schüttelte bei alldem nur den Kopf. Mein Vater wischte mit seiner Hand vor der Stirn die Luft.

Ich möchte in diesem Zusammenhang nicht zu viel von mir selbst erzählen, nur anmerken, dass ich als Einziger auf »Iss die Hälfte«-Kurs blieb und tatsächlich meine Mädchenbrüste weghungerte.

Ich schweife ab. Aber ist die Essstörung meiner Schwestern nicht vielleicht ein Hinweis auf ein Ungleichgewicht im Geflecht meiner Vorfahren?

Stellen Sie sich alle Ihre Vorfahren in Ihrem Rücken vor, sagte einmal Dr. Übelhör zu mir. Beginnen Sie am besten mit Ihren beiden Großvätern und Großmüttern. Hinter sie reihen Sie deren Eltern und die Geschwister der Eltern. Hinter diese stellen Sie deren Eltern und deren Geschwister. Und so weiter. Spüren Sie die Gegenwart dieser vielen Menschen, die in Pyramidenform in Ihrem Rücken stehen. Sie stehen nicht nur in Ihrem Rücken, sie stärken Ihren Rücken durch ihre Gegenwart. Sie stehen mit all diesen Menschen in Verbindung, Sie sind das Ergebnis aller dieser Verbindungen von Menschen. Wie fühlt sich das an?

Es fühlte sich gut an. Solange ich meinen Vater nicht in meinem Rücken zu spüren brauchte.

Wer stand da in meinem Rücken? Onkel Bernhard, den wir nur Charly nannten, weil im Fernsehen irgendwann Charlys Tante gelaufen war. Onkel Charly hatte nur drei Finger an seiner rechten Hand, weshalb es mir beim Händeschütteln immer grauste. Er hatte dieses unergründliche Grinsen.

Von Onkel Charly hieß es, er halte sich viel im Schwimmbad auf, was man ihm mit seinem dicken Bauch gar nicht zugetraut hätte. Er war dort nicht so sehr aus Gründen der Ertüchtigung, sondern wegen der Damenwelt. Ich glaube, er konnte den Bikinimädchen nicht genug hinterherschauen. Armer Onkel Charly, er hatte es nicht leicht, es muss schlimm sein, wenn man den schönen Mädchen immer hinterherschauen muss, ohne je von einer erhört zu werden.

Onkel Charly war verheiratet und hatte Kinder. Er hatte Glück, denn meine Tante Ursula hatte freundliche Augen und war hübsch, ebenso seine Töchter. Dennoch verbrachte Onkel Charly seine Tage im Schwimmbad auf der Jagd. Ich mag es nicht besonders, wenn Onkel Charly hinter mir steht. Um ihn ist es irgendwie elektrisch.

Onkel Fritz dagegen ist mein gemütlichster Onkel. Er

hat immer gute Laune, obwohl meine Tante Herta sehr streng mit ihm ist. Wenn Tante Herta auf einem Sessel sitzt, hängen ihre Beine in der Luft wie bei dem Liliputaner, den ich im Fernsehen gesehen habe.

Vielleicht ist Onkel Fritz deswegen kaum zu Hause, er sitzt lieber in seiner Stammkneipe und trinkt mit fremden Frauen. Onkel Fritz versteht was vom Leben, und das trotz Tante Herta. Er zwinkert mir zu, als hätten wir beide ein Geheimnis. Ich mag es, wenn Onkel Fritz hinter mir steht.

Hinter Onkel Fritz steht Großvater Franz. Von ihm kenne ich nur ein Foto. Darauf steht er mit seinen Kumpels in Arbeitsmontur vor einer Fabrik. Das sind harte Jungs, die am Hochofen arbeiten. Großvater Franz war ein richtiger Mann, man sieht es an seinem starken Blick, er war ganz schön cool. Er hatte nur Pech mit der Zeit, in der er lebte, weil zwischen den Kriegen gab es keine Arbeit für ihn, er war sehr arm, und auch Onkel Fritz und mein Vater waren sehr arm.

Vielleicht war es die Armut, die meinen Vater hart gemacht hat. Er war stolz darauf, es ganz allein geschafft zu haben. Dafür war es mit ihm nie gemütlich wie mit Onkel Fritz. Großvater Franz ist früh gestorben, ich habe nur sein Foto. Aber ich denke, wir hätten uns gut verstanden, denn er war irgendwie cool. Es ist gut, dass er hinter mir steht und mir etwas von seiner Kraft abgibt.

Das Familienstellen ist eine Art Detektivtheater. Ich werde oft geholt, um zu schauspielern. Ich stehe als Sohn, als Bruder und Onkel im Innern des Kreises und muss sagen, was ich fühle. Es ist gar nicht so einfach, öffentlich zu fühlen. Ich gewöhne mich daran, irgendetwas zu sagen. Dr.

Übelhör schiebt uns Darsteller dann in eine neue Ordnung, und dann müssen wir wieder sagen, was wir fühlen.

Ich bin es nicht gewohnt, so viele Gefühle zu haben. Doch das soll mir dabei helfen, so zu werden, wie mich meine Frau möchte. Keine Ahnung, wie das gehen soll. Beim Familienstellen sind die Gefühle überdosiert. Noch nie habe ich so viele Tränen gesehen, jeder ist dauernd von seinen Gefühlen überwältigt. Alles ist dramatisch, das ganze Leben jedes Einzelnen. Am Abend bin ich erschöpft und völlig leer. Ich kann keine Gefühle mehr ertragen.

Als ich nach Hause komme, mustert mich meine Frau mit erwartungsvollem Blick. Sie stellt eine Tasse Tee auf den Tisch, was sie sonst nie tut. Ich stöhne ein bisschen übertrieben, damit sie sieht, wie müde ich bin und dass ich jetzt nicht reden kann. Sie wartet, bis ich meinen Tee getrunken habe. Dann fragt sie: Wie wars?

Oh, es war ziemlich viel, sage ich, anstrengend viel. Sonst sage ich nichts, ich versuche Zeit zu schinden, was soll ich denn sagen, ich weiß doch selbst nicht, was da los war beim Detektivpsychotheater. Ich weiß noch, dass mir immer ganz komisch zumute war, wenn Dr. Übelhör den Leuten sagte, sie sollen nachsprechen: Vater, ich verneige mich vor dir, bitte schau freundlich auf mich.

Da habe ich jedes Mal gemerkt, wie ein Knoten im Hals zugeht. Ich habe gemerkt, wie schwer es mir fallen würde, diesen Satz nachzusprechen. Darum habe ich mich ums Aufstellen meiner eigenen Familie gedrückt. Damit ich diesen Satz nicht nachsprechen muss. Übrigens hat mich keiner für die Vaterrolle auf die Bühne geholt, die haben gespürt, dass ich der ewige Sohn bin.

Reden wir morgen, sage ich zu meiner Frau, die mich

misstrauisch ansieht, während ich eine zweite Tasse Tee trinke. Zum Glück ist es spät, so habe ich eine Ausrede und muss nichts mehr erzählen.

Es ist nicht einfach, wenn jemand anders zu wissen glaubt, was für einen das Beste ist. Wenn meine Frau über etwas Bestimmtes reden will, fackelt sie nicht lange. Sie fordert mich dann auf, etwas zu sagen, was bei mir einen Knoten im Hals bewirkt. Sie fragt dann, warum man mit mir nicht reden kann. Der Knoten in meinem Hals wächst. Das erinnert mich daran, wie mich mein Vater immer zu sich gerufen und mich aufgefordert hat zu erzählen, was eigentlich mit mir los sei. Das waren elektrische Stunden.

Es herrschte eine seltsame Ruhe im Haus. Dann rief Vater meinen Namen. Zunächst tat ich so, als würde ich nichts hören. Ich würde behaupten, ich hätte Lateinvokabeln gelernt. Dabei musste ich mich so konzentrieren, dass ich nichts hörte. Vater rief noch einmal, diesmal war es mehr ein Bellen. Ich öffnete meine Zimmertür und fragte scheinheilig »Ja, was ist?«.

Komm ins Wohnzimmer!

Die Schiebetür zum Wohnzimmer stand einen Spalt weit offen. Trotzdem klopfte ich, bevor ich sie aufschob. Das hatte Vater mir eingeschärft: Immer klopfen, bevor du ein Zimmer betrittst. Er selbst hat sich nie daran gehalten.

Im Wohnzimmer knisterte eine lähmende Stille, es war nicht genügend Luft da für zwei. Mein Vater saß aufrecht in seinem Ohrensessel. Er bewegte sich nicht, und doch füllte er das ganze Zimmer mit Strom.

Setz dich hin, befahl mein Vater.

Ich gehorchte.

Jetzt möchte ich einmal wissen, was du gegen mich hast, sagte er.

In mir stieg wie aus großer Ferne eine seltsam fremde Wut auf, die mir den Hals zuschnürte. Mein Mund klebte, ich stammelte sehr leise etwas wie »Aber ich hab doch gar nichts …«.

Sprich lauter, befahl mein Vater, und sieh mich dabei an!

Widerwillig hob ich meinen Blick. Wer war dieser knöcherne Mann? Warum war ich in seiner Hand?

Aber ich schweife ab. Das ist lange her, zum Glück ist die Zeit gnädig und vergeht.

2

Meine Ehe begann mit einem Hörfehler. Meine Frau behauptet, mich nie gefragt zu haben, ob ich sie heirate. Sie fragte mich, ob ich sie heirate, ich kann mich genau an Tag und Stunde erinnern. Sie behauptet, ich bilde mir alles ein. Sie habe mich nur geheiratet, weil ich so hilflos gewirkt habe. Ich habe ihr Helfersyndrom geweckt, so orientierungslos sei ich in der Welt herumgestanden.

Wie es dazu kam? Ich trieb mich herum. Böse Zungen meinten, ich wäre ein Filou.

Wer weiß, wo ich gelandet wäre in meinem Übermut.

Meine Frau setzte dem allen ein Ende.

Aber alles der Reihe nach.

Nachdem ich der Anstalt zur Erzeugung von Gemütsstörungen und allgemeiner Melancholie und dem Lehrer S., der es nicht verdient hat, dass ich ihn bei vollem Namen nenne, mit knapper Not entkommen war, stellte sich mir die Frage, was aus mir werden sollte. Ich dachte dabei nicht ernsthaft an einen Beruf, das war nichts für mich. Mein Beruf sollte das Leben sein, wie genau ich das meinte, hätte ich nicht sagen können. Ich wusste nur, dass ich leben wollte, und zwar möglichst weit weg von meinem Vater.

Da es in unserer Kleinstadt keine Universität gab – es

war ein Glück für mich, sonst hätte ich wohl meine Studentenjahre im Haus meines Vaters verbringen müssen, was mir allen Wind aus den Segeln genommen hätte –, musste ich wohl oder übel von zu Hause weg. Da mein Vater ein vermögender Mann war, kam für mich kein staatliches Stipendium infrage. Ich war also auf sein Wohlwollen angewiesen, denn jemand musste mein Studentenleben ja bezahlen.

Mein Vater rief mich zu sich in sein Arbeitszimmer, befahl mir, die Türe hinter mir zu schließen und mich zu setzen. Obgleich das Zimmer groß genug war, blieb wenig Luft zum Atmen. Ich atmete also flach und so selten wie möglich, wie ich das immer in Vaters Gegenwart getan hatte. Vielleicht hatte Mutter sich deswegen immer wegen meiner Blässe Sorgen gemacht.

Ich saß also luftarm und mit gesenktem Blick in Vaters Arbeitszimmer. Schau mich an, wenn ich mit dir rede, sagte Vater. Ich nahm seinen Befehlston leicht, denn ich wusste ja, dass ich ihn nicht mehr lange hören musste. Ich musste nur Ernsthaftigkeit und Zielstrebigkeit heucheln, um dieses Haus mit Vaters Segen – und seiner monatlichen Apanage – verlassen zu können.

Ich hob also den Kopf und sah Vater heuchlerisch harmlos in die Augen.

Ich nehme an, begann Vater zufrieden, du weißt, dass du eines Tages dieses Unternehmen übernehmen wirst.

Ich horchte auf. In den Augen meines Vaters war ich immer ein unwürdiger Träumer gewesen, ein Bücherleser und Tollpatsch, eine Missgeburt, ein Sohn meiner Mutter und was ich sonst alles zu hören bekam. Vater hatte oft gedroht, mich zu enterben, die Firma lieber einer wohltätigen Organisation zu spenden, als sie mir und damit dem Untergang zu überlassen.

Dass ich Vaters Nachfolger werden sollte, davon war nie die Rede gewesen. Jeder, der Augen im Kopf hatte, konnte sehen, dass das vollkommen unmöglich war. Nicht umsonst hatte mich mein Vater des Öfteren, neben vielen anderen Schmeicheleien, Schafskopf genannt, womit er gar nicht so unrecht hatte, denn in meinem Blick war etwas Harmloses, Gutmeinendes, wie man es einem dummen Wesen wie dem Schaf zuschreibt. Es gebe Wölfe und Schafe, das sagte mein Vater öfters, und wer nicht wisse, worauf es im Leben ankomme, der sei ein Schaf und werde von den Wölfen aufgefressen. Er ließ keinen Zweifel daran, zu welcher der beiden Tierarten er gehörte. Nichts brachte ihn mehr zur Weißglut als Unentschlossenheit, Ziellosigkeit, Laschheit, Kraftlosigkeit. Das Leben sei ein Kampf jeder gegen jeden, predigte mir mein Vater mein ganzes junges Leben lang. Wer einen Augenblick aufhöre zu kämpfen, der werde überwältigt und gefressen.

Morgenstund hat Gold im Mund, pflegte er mir am frühen Morgen am Frühstückstisch, wenn meine Sinne noch taub waren, ich meine Augen kaum offen halten konnte, ins Ohr zu brüllen, jeder seines Glückes Schmied und andere überlieferte Schätze des Menschheitsgedächtnisses. Wer diese und ähnliche Grundregeln ignorierte, war nicht nur ein Träumer und Idiot, er war auch eine Gefahr für diejenigen, die auf ihn angewiesen waren, seine ganze Familie. Aber was weißt du schon von Verantwortung, pflegte mein Vater dann zu mir zu sagen. Du lebst in den Tag hinein, wie es dir gefällt, gerade weil das Wetter heute schön ist. Du wirst noch an meine Worte denken, eines Tages!

Doch wo war ich stehen geblieben? Beim Vieraugengespräch in Vaters Arbeitszimmer. Von Unternehmer zu Nachfolger. Ich musste mich verhört haben. Hatte mein Vater gerade gesagt, ich würde eines Tages die Firma leiten? Ich wagte nicht zu sagen, dass ich angenommen hatte, er würde sie einer Wohlfahrtsorganisation, vielleicht dem Vorstand der Stadtsparkasse, einem alten Schulfreund, nein, das fiel weg, Vater hatte keine Freunde, soviel ich wusste, jedenfalls jedem anderen als mir seine heilige Firma übergeben. Mir, dem Nichtsnutz, dem Träumer und Schafskopf.

Ich wusste von Vaters Firma gerade so viel, dass sie Schrauben, Scharniere und solche Sachen herstellte, mehr nicht. Von meinen Schwestern kam in den Augen meines Vaters keine als Nachfolgerin infrage, denn eine Frau gehörte für ihn an den Herd, und Schrauben waren Männersache. Vater hatte mich, den Schafskopf, nachdem er mich beim Bücherlesen und Vor-mich-hin-Träumen erwischt hatte, stets von der Firma ferngehalten.

Als Kind hatte ich mich manchmal unter einer Werkbank versteckt. Ich mochte den fettigen Geruch der Stanzmaschinen. Und ich mochte Herrn Humpeler, Vaters rechte Hand, der nett zu mir war, wahrscheinlich aus Mitleid. Jeder, der Augen im Kopf hatte, sah mir die Angst an. Ich zuckte zusammen, wenn ich irgendwo Vaters Stimme hörte. Herr Humpeler sprach freundlich zu mir. Einmal nahm er mich sogar bei der Hand und zeigte mir sein neues Fahrrad, denn er war ein großer Fahrradfahrer, er kam damit bei jedem Wetter in die Firma. Ich ahnte schon früh, dass auch Herr Humpeler ein Schaf war wie ich, dazu bestimmt, vom Wolf, der mein Vater war, gefressen zu werden.

Ich mochte Herrn Humpeler auch wegen seiner traurigen Augen, er war ein guter Mensch, das sah ich in seinen Augen, und wenn er auch ein Schaf sein mochte, mir wars recht, ich mochte Schafe lieber als Wölfe, obwohl ich nur einen einzigen Wolf kannte, und das war mein Vater.

Einmal hörte ich ihn quer durchs ganze Haus brüllen: So ein Schafskopf! Ich zuckte zusammen, mein Vater war mir wohl bei irgendetwas auf die Schliche gekommen. Was immer es war, jetzt kam die Strafe dafür. Ich dachte fieberhaft über meine Vergehen nach, fragte mich, welches davon Vater gerade entdeckt hatte.

Ich eilte zu meinem Versteck unter dem Tisch in Mutters Nähzimmer. Dort, verborgen hinter ein paar Stapeln Stoffresten, pflegte ich die Stürme in unserem Haus auszusitzen. Doch diesmal war nicht ich der Schafskopf, das begriff ich, als mein Name nicht fiel. Vater rief nicht nach mir, ich atmete tief aus, mein Herz durfte langsamer schlagen. Nach dem Wort Schafskopf kam eine Pause, und als Nächstes hörte ich den Namen Humpeler, ja, Humpeler, der Schafskopf. Daher also Herrn Humpelers traurige Augen. Er musste durch meinen Vater bestimmt vieles erdulden.

Ich kroch aus meinem Versteck und beschloss, mich von nun an um Herrn Humpeler zu kümmern.

Doch zurück zum Arbeitszimmer, zum Gespräch unter Chefs. Ich hatte gerade an Herrn Humpeler gedacht, der noch immer Vaters rechte Hand war, schlohweiß vom Erdulden der Demütigungen. Vater musste es in meinem Blick gesehen haben, das Schafartige meines Blicks, der Blick des Schafs, das an ein anderes Schaf denkt.

Hörst du mir überhaupt zu, fragte er schroff. Natürlich höre ich zu, heuchelte ich. Nun gut, da du einmal die Firma übernehmen wirst, wirst du Betriebswirtschaft studieren, verstanden? Mein Vater wusste genau, dass niemand über weniger Begabung für alles Mathematische verfügte als ich, dass niemand weniger Sinn für alles Kaufmännische hatte als ich. Wenn ich nur das Wort Buchhaltung hörte, schliefen mir die Füße ein. Da ich ein Schaf war, wusste ich nicht genau, was mich eigentlich interessierte.

Ich hatte mein ganzes kurzes Leben lang eigentlich nur Bücher gelesen, auch unter dem Nähtisch meiner Mutter hatte ich Bücher versteckt, damit ich immer, wenn ich dorthin flüchtete, Lesestoff hatte, bis sich das Donnerwetter verzogen hatte.

Es hatte keinen Sinn, meinem Vater bei diesem Chefgespräch zu widersprechen, ich sah den Wolf in seinen Augen und er das Schaf in den meinen. Es würde ein anderer Tag kommen, bis dahin würde ich Kräfte sammeln, um meinem Vater entgegenzutreten als der Mann, der ich war, wenn ich für einen Augenblick vergaß, dass ich ein Schaf war.

3

Mein Zug fuhr in den Hauptbahnhof ein, mein Schuh berührte den Boden der Hauptstadt. Es war nur ein kleiner Schritt, doch vielleicht würde noch ein großer daraus. Meine Pläne waren jedenfalls groß. Ich wollte nichts Geringeres, als mir ein Leben in Freiheit zu erobern.

Ich bezog für ein paar Tage ein Zimmer in einer Jugendherberge. Jeder hat einmal klein angefangen. Was kümmerte mich Komfort, wenn ich nur endlich mein eigenes Leben beginnen konnte. Ich ging berauscht durch die Stadt. Alles, was ich sah, schien mir von Bedeutung. Ich studierte die Gesichter der Menschen, ich sah in ihnen einen Schimmer vom Geheimnis des Lebens in dieser Stadt.

Manche schienen an einer unbekannten Aufgabe zu tragen, von der sie selbst nichts wussten. Ihre Aufgabe war es, diese Stadt zu verkörpern, diese große, abenteuerliche Stadt, die hungrig war nach immer neuem Leben. Nun hatte auch ich eine Aufgabe. Ich war ein neues Leben in diesem Abenteuer. Ich wollte meine Aufgabe mit aller Kraft leben.

An einem Anschlagbrett an der Universität fand ich diese Notiz:

Hi, bin Student, gehe es locker an, bin eher der entspannte Typ, suche ebensolchen Mitbewohner. Konrad. Tel usw.

Ich rief an, Konrad meinte, ich solle doch gleich vorbeikommen.

Er öffnete in Boxershorts, seine Haare waren wild zerzaust, er war sehr blass und roch nach einer langen Nacht in einer verrauchten Bar. Er wies mir einen klapprigen Sessel zu, der bedrohlich ächzte, als ich mich setzte. Die wenigen Möbelstücke waren eigene Persönlichkeiten, die schon viel erlebt hatten. Auf dem Tisch standen Essensreste unbekannten Datums. Irgendwo unter einem Weinglas lag ein schmuddeliges Vorlesungsverzeichnis.

Ich bewunderte Konrad für seine Lässigkeit, so großstädtisch lässig wollte ich eines Tages auch sein. Er bot mir eine Zigarette an, wir rauchten gemeinsam, und der Rauch, den wir ausbliesen, war schon unser Pakt fürs Zusammenleben.

Mein Zimmer war ein langer schmaler Schlauch mit einem Fenster in einen lichtlosen Innenhof. Eine Matratze unbestimmten Alters lag auf dem Boden, der Schreibtisch war eine Holzplatte auf zwei Böcken. Davor stand ein alter Stuhl, an dem Reste weißer Farbe erkennbar waren. Konrad gab mir den Wohnungsschlüssel, schenkte zwei Gläser Wein ein und stieß mit mir an. Mein Glas war schmutzig. Ich tat so, als bemerke ich es nicht.

Ich fuhr in die Jugendherberge und holte meine Sachen. Nun war ich also ein echter Bewohner dieser Stadt.

Frühmorgens suchte ich im Kühlschrank nach Essbarem, fand nur ein Stück ranzige Butter, eine offene Fischdose und eine Flasche Orangensaft, auf dem grüner Schimmel schwamm. Konrad schlief noch, als ich die Wohnung verließ.

Ich schlenderte durch die Straßen, trank an einem Stehpult vor einem Tchibo-Café einen kleinen Braunen. Ich ging an die Universität, weil mir nichts Besseres einfiel.

Ich stand in einer langen Reihe von Studienanfängern, die sich alle wie ich an der Universität einschrieben. Ich begriff, dass ich nicht mehr allein war. Ich war nicht der Einzige, der von einer Zukunft träumte. So, wie es aussah, war ich Teil einer Generation.

Vater hatte mir aufgetragen, ihm sofort nach meiner Immatrikulation eine Bestätigung über mein Studium der Betriebswirtschaftslehre zu schicken. Dann würde er mir mein erstes Monatsgeld schicken. Ohne Betriebswirtschaftslehre keine Freiheit. Dabei stellte ich mir die Betriebswirtschaft so vor, wie der Name klang: als ein ausbruchsicheres Gefängnis.

Ich hatte nicht vor, der Betriebswirtschaftslehre mehr als eine offizielle Studienbestätigung zu widmen.

Aber ich wollte doch wenigstens den Ort, wo man studierte, was ich nicht vorhatte zu studieren, mit eigenen Augen sehen. Ich betrat das Institut für Betriebswirtschaftslehre. Es roch nach Linoleumboden, in einer Vitrine las ich ein paar Anschläge, eine junge Frau mit strenger Brille öffnete vorsichtig die Tür zu einem Seminarraum, ich hörte die Stimme eines Professors, er sagte: ... ergibt das nach Steuern eine Rendite von ..., die Tür schloss sich, alles war still.

Auf einem Plan fand ich eine Auflistung der Institute in diesem Teil der Universität. Mein Blick fiel auf das Institut für Philosophie. Ich wusste von Philiosophie nicht mehr als den unbrauchbaren Quark, den uns in der Schule Professor U. erzählt hatte, der einige Jahre in einem Priesterseminar gelebt hatte. Egal, worüber er redete, am Ende lief es immer auf eine Tirade gegen die katholische Kirche hinaus, mit der er, wie es schien, noch einige Hühner zu rupfen hatte. Sein Lieblingsthema war die Sexualfeindlichkeit der Kirche. Er genoss es, das Wort Sex auf seiner Zunge zergehen zu lassen und dabei eine meiner Mitschülerinnen anzustarren, mit Vorliebe Laura, denn die hatte den stattlichsten Busen.

Das war so ziemlich alles, was ich von Professor U. über Philosophie gelernt hatte. Ach ja, irgendetwas über ein Ding an sich, das man unmöglich erkennen könne. Im Mund von Professor U. klang das Ding an sich irgendwie unanständig. Jedenfalls schmunzelten wir Jungs, wenn darauf die Rede kam. Wir alle hatten ja ein Ding an sich in der Hose.

Obgleich ich also im Fach Philosophie nichts gelernt hatte, interessierte es mich, ob die Philosophie wirklich, wie ich einmal im Radio gehört hatte, Antwort auf die großen Fragen des Lebens wusste. Zwar hätte ich nicht sagen können, welches die großen Fragen des Lebens waren, aber irgendwie klang das gewichtig und würdevoll. Ich beschloss, dem Institut für Philosophie einen Besuch abzustatten.

Die erste Person, die ich hier sah, war ein Waschbär. Jedenfalls huschte der Mann mit der unbändigen Haartracht als scheuer Waschbär an der Wand entlang, wie ich es in einem Zeichentrickfilm gesehen hatte. Er riss die Tür der Institutsbibliothek auf, schnupperte, wobei sein Riechkolben zitterte, und verschwand mit wippendem Haar in der Höhle der Bücher.

Die zweite Person war eine Eule. Sie kam mit magnetischem Blick aus gelben, weit aufgerissenen Augen auf mich zu. Ich blieb gebannt stehen, ich wusste jetzt, wie es nachts dem Kleingetier erging. Es war ein lautloser Tod, der da mit staubtrockenen Flügeln kam. Die Eule schwebte in Zeitlupe an mir vorüber, bis zuletzt bannte sie mich mit ihrem Blick, ein leichtes, würdevolles Nicken, dann betrat sie den Hörsaal 2.

Ich folgte ihr wie in Trance, setzte mich in die hinterste, oberste Reihe. Die Eule schritt langsam und majestätisch nach unten ans Rednerpult. Nun, da sie mich nicht mehr fixierte, sah ich mich im Hörsaal um. Unter grauem Neonlicht saßen da und dort vereinzelt eine Handvoll Schemen. Mir fiel auf, dass sie alle dunkel gekleidet waren, es schien, als wären sie staubbedeckt, doch das mochte das graue Licht sein. Und sie wirkten irgendwie erschöpft, als trüge jeder von ihnen das Gewicht der Welt. Außerdem waren sie alterslos, mehr wie Vegetation, ein altersloses Gestrüpp. Auf jeden Fall im zwanzigsten Semester.

Unten in der ersten Reihe sah ich mehrere Aufnahmegeräte. Ich würde mich auf keinen Fall dahin setzen, unter die Augen der Eule. Vorerst war ich ganz hinten oben sicher. Einer aus dem Gestrüpp stand auf und schloss die Tür. Als ein Lichtschimmer von draußen auf sein Gesicht fiel, sah ich, dass er eine Frau war, mit dem Haarschnitt eines Rauhaardackels.

Nun sprach die Eule, wobei sie mit ihren gelben Augen den ganzen Saal hypnotisierte.

Werte Kolleginnen und Kollegen, wir haben uns für heute einen Parforceritt vorgenommen durch die Epistemologie der zweifachen Verschränkung der Natura naturans in der Morgendämmerung der Philosophie der Neuzeit, wobei wir unser Augenmerk zu legen haben werden zum einen auf jene Schicksalsnacht des Cartesius im November des Jahres 1619, deren Morgendämmerung noch immer nicht angebrochen ist, zum anderen – immer unter Berücksichtigung des bahnbrechenden »Discours de la méthode« des braven Cartesius (sagen Sie niemals Dessscartes, liebe Kolleginnen und Kollegen, machen Sie es sich leicht und nennen Sie den großen Meister bei seinem lateinischen Namen: Cartesius, nomen est omen, liebe Kolleginnen und Kollegen, der Name ist kein Nebbich, im Namen steckt die Entschlüsselung so manchen Arkanums, das nur als Fußnote) sowie selbstredend des Hume'schen »A Treatise of Human Nature«, dieser folgenreichen Schrift, die später dem in Königsberg so manche durchwachte Stunde bereiten würde – zum anderen freilich, liebe Kolleginnen und Kollegen – jetzt neigte die Eule sich weit über das Pult nach vorn und verstärkte die Strahlkraft ihrer gelben Augen auf Angriffslicht –, kein Parforceritt durch die Dämmerstunde des neuzeitlichen Denkens ohne einen gewissermaßen schweinsgaloppartigen Paso Doble querbeet durch die Epistemologie eines Zeitalters, das nicht aufhört, uns zu denken zu geben.

Die Eule zog ihren Kopf etwas nach hinten, wanderte wortlos mit ihrem Blick jeden Einzelnen in den vorderen Reihen ab, wobei sie bei manchem einen Augenblick länger verweilte, als wäre hier die doppelte Stärke an Hypnose notwendig. Ich rutschte mit dem Becken vor bis an die Kante der Bank, duckte mich nach hinten unten, um möglichst wenig Angriffsfläche zu bieten, denn nun wanderte der Blick der Eule die spärlich besetzten Reihen hinauf bis zu mir. Ich tat so, als suchte ich unter der Bank ein verlorenes Schreibzeug, doch ich konnte nicht anders, als dem Blick der Eule zu begegnen. Welcher Teufel hatte mich geritten, als ich ihr in den Hörsaal gefolgt war?

Zum Glück drehte die Eule ihren Blick wieder auf die erste Reihe und setzte ihre Vorlesung fort. Übrigens sprach sie frei, kein Papier, kein Heft, kein Buch weit und breit.

Ich war gefangen, ich konnte unmöglich aus dem Hörsaal entschlüpfen, die Eule hätte mich mit ihrem Blick durchbohrt. So hörte ich zwei Stunden lang eine Kette von Sätzen, von denen mich keiner an meine Muttersprache erinnerte. Ich verstand die Wortfolge liebe Kolleginnen und Kollegen sehr gut, ich saß also in einer Vorlesung in deutscher Sprache. Doch wie konnte es sein, dass es so viele Sätze in deutscher Sprache gab, von denen ich keinen einzigen verstand? So musste im Mittelalter der lateinische Gottesdienst für das gemeine Volk gewesen sein. Doch ich gab nicht auf.

Satz für Satz versuchte ich, der Eule zu folgen, ich verstand auch immer wieder einen Halbsatz, ehe es wieder quer in ein Bergriffsgebüsch ging, auf das Professor U. mich nicht vorbereitet hatte. Ich sehnte die einfache Welt des Professor U. herbei. Zwar hatte ich mich in den Philosophiestunden schrecklich gelangweilt, weil von vornherein feststand, worum es gehen würde, nämlich um die Kirche und ihre Unterdrückung der Sexualität. Aber eigentlich war es um die unterdrückte Sexualität des Professor U. gegangen, das hatten alle verstanden außer er selbst. Immerhin hatten alle ihn verstanden, ein beneidenswerter Zustand, wenn ich mit einem Ohr die Rede der Eule hörte, ohne ein einziges Wort zu verstehen.

Irgendwie begann ich Gefallen daran zu finden. Hatte

ich nicht allen Grund, stolz darauf zu sein, in einer Vorlesung zu sitzen, von der keine zwei Leute auf der ganzen Welt etwas verstanden hätten? Ja, das Gestrüpp mit dem Aufnahmegerät brauchte mir nichts vorzumachen: Ich war mir sicher, dass kein Einziger hier im Hörsaal wusste, wovon Eule redete. Denn es konnte gar nicht sein, dass man in zwanzig Semestern so viel klüger wurde als der Rest der Welt, klug genug, um Eule in die Eiswüste der Abstraktion zu folgen. Ja, Eiswüste der Abstraktion. Diesen Ausdruck habe ich von Eules Rede behalten, neben dem Liebe Kolleginnen und Kollegen und dem Parforceritt. Eiswüste der Abstraktion: Das war was für mich. Ich hatte etwas gefunden, wovon ich sicher war, nie etwas zu verstehen.

Ich würde mir tausend Mal Eules Vorlesung anhören können und noch immer kein Wort verstehen. Das war irgendwie beruhigend, immerhin war darauf Verlass. Und es war auch beruhigend, dass es Dinge auf der Welt gab, von denen kein Einziger etwas verstand. Auch Eule nicht, darüber war ich mir sicher.

Eule schloss mit dem Versprechen, beim nächsten Mal einen Parforceritt durch das Gemüsebeet des Leviathan eines gewissen Mister Hobbes oder Hope zu reiten, wenn ich richtig verstanden habe. Immerhin glaube ich, den Schlusssatz verstanden zu haben. Ach ja, und natürlich das abschließende Liebe Kolleginnen und Kollegen. Ich war jetzt ein Kollege der klügsten Eule der Welt. Ich konnte stolz sein auf meine Ausbeute an meinem ersten Tag an der Universität.

Ich verließ den Hörsaal, ohne den Boden zu berühren. Die Philosophie war eine gefährliche Angelegenheit, das begriff ich, als ich wie ein Tattergreis durchs Stiegenhaus tappte. Zwei Stunden unter Eules Begriffsbombardement, und ich war ein alter Mann, zumindest steckte ich in alten Begriffssäcken fest.

Ein eigenartiger Hunger nagte tief in mir. Es war nicht der Hunger nach Essen, es war ein Hunger nach Leben. Mein junger Körper wollte leben. Ich nahm probehalber zwei Stufen mit einem Schritt. Es funktionierte, meine Gelenke waren frisch, meine Beine kräftig. Ich jauchzte im Stillen: Ich war jung, ich besaß das höchste Gut: Jugend!

Im Treppenhaus begegnete ich ausschließlich jungen Leuten, Freundinnen plauderten, kicherten, eine junge Frau warf mir einen hellen Blick zu. He, ich war da! Diese schöne junge Frau holte mich mit ihrem Blick zurück auf die Erde! Eules Vortrag war also nicht mein Schicksal, ich musste kein staubbedecktes Gestrüpp werden, ich konnte zur Tür hinausspazieren und vor dem erstbesten Mädchen ein Rad schlagen. Da draußen wartete das Leben auf mich, ich musste es mir nur nehmen!

4

Als ich auf die Straße trat, war das Licht wie ein Faustschlag. Ein Auto raste vorbei, hupte, der Fahrer zeigte einem jungen lässigen Kerl, der bei Rot über die Ampel ging, den Vogel. Eules Vorlesung hatte also nicht die ganze Stadt ins Jahr 1619 zurückversetzt, seine Begriffe hatten hier draußen keine Macht, sie kreisten nur in den Gehirnen von ein paar staubbedeckten Hörern im zwanzigsten Semester.

Die Stadt lärmte, die Autos brausten, die Straßenbahnen krochen dahin, einer rief von einem Baugerüst seinem Kollegen bei der Betonmischmaschine etwas zu, und obgleich ich nichts verstand, wusste ich, es ging dabei nicht um die Schicksalsnacht des Cartesius im Jahre 1619. Die Stadt da draußen, das war eine unabhängige Maschine, sie funktionierte, walzte nieder, beglückte den einen, zertrat den anderen. Sie erlaubte einer Handvoll Leuten über die Schicksalsnacht eines einzelnen Grüblers im Jahr 1619 zu sinnieren, während dort drüben in einer Baugrube einer für einen Hungerlohn schuftete, um den er froh war, denn so konnte er seiner Familie in einem schäbigen Dorf weit hinter allen Grenzen ein wenig Geld schicken, und Geld bedeutete im Dorf Würde.

Obwohl ich in Eules Vorlesung nichts verstanden hatte, verstand ich draußen auf der Straße, dass diese Stadt mich lehren würde im Fach Menschen- und Lebenskunde.

In diesem Augenblick, im Gestank der Wagenkolonne an der Ampel, sah ich, als wäre es ein reales Bild, meine Zukunft am Horizont leuchten. Diese Stadt würde mich bilden, ich würde, indem ich in die Schule der Stadt ging, ein ganzer Mensch werden. Ich schritt dahin mit der Gewissheit, im Leben angekommen zu sein.

Jemand rief meinen Namen, ich drehte mich um, es war Konrad in einem Straßencafé. Neben ihm saßen zwei junge Frauen, er stellte sie mir als Birgit und Jutta vor. Ich hatte es ja gewusst: Ich war im Leben angekommen.

Ich hätte am liebsten jeden umarmt, so begeistert war ich darüber, dass alles war, wie es war. Ich durfte atmen, leben, das hatte ich dem Genie aus dem Jahre 1619 voraus. Ich war kein Genie, ich taugte nicht zum klaren Denken, zur Buchhaltung schon gar nicht, und ich würde die Firma meines Vaters nie leiten, so viel wusste ich. Aber ich lebte, hier und jetzt, da ich mit Birgit und Jutta in einem Straßencafé saß.

Und dann überkam es mich. Anstatt mich am Gespräch der drei zu beteiligen, erzählte ich wie ein Wasserfall von Eules Vorlesung, tat so, als wüsste ich über die Schicksalsnacht im Jahre 1619 Bescheid – sagen Sie niemals Dessscartes! –, lachte über meine eigenen Pointen und beschrieb die Rauhaardackelfrisur der Studentin aus dem Gestrüpp. Konrad rauchte Kette, Jutta und Birgit hörten mir mit offenem Mund zu, lachten sogar an den richtigen Stellen. Um Juttas Mundwinkel spielte etwas wie eine Spur von Überheblichkeit, wahrscheinlich war das so, wenn man Soziologie im sechsten Semester studierte. Sie trug eine strenge Brille, durch die sie mir einen Blick zuwarf, den ich nicht deuten konnte. Möglicherweise hielt sie mich für einen ausgemachten Idioten.

In der Schule hatte ich solche Blicke entschärft, indem ich den Clown spielte. Dabei hatte ich es regelmäßig übertrieben, was mich fast den Schulabschluss gekostet hätte. Der Klassenclown hat keine Zeit zu lernen, und selbst, wenn er etwas weiß, darf er es nicht zeigen, das wäre nicht komisch. Der Effekt des Komischen basiert darauf, dass der Clown alles Missgeschick auf sich zieht, wobei er nicht vergessen darf, dabei idiotisch zu grinsen. Er reinigt die Atmosphäre, indem er alles Leid auf sich zieht, denn die Klasse braucht ein Opfer.

Der Clown ist also etwas wie ein Ventil. Er lässt Druck auf seine Kosten ab und erhofft sich dafür die Liebe der Gruppe. Doch sein Schauspiel erreicht die nicht, für die er es inszeniert. War es Heine, der schrieb: »Ich hab mit dem Tod in der eignen Brust / Den sterbenden Fechter gespielet«? Wozu die rhetorischen Purzelbäume, wenn nicht, um die Klassenschöne zu gewinnen? Doch der Klassenclown hat bei der Schönen keine guten Karten: Sie wählt den dunklen Ritter mit dem auffrisierten Wagen.

Juttas strenge Mundwinkel ließen mich in meine alte Rolle zurückfallen. Ich wollte allen gefallen, auch wenn ich dafür den Preis der Lächerlichkeit bezahlen musste. Diesen verlorenen Posten kannte ich wenigstens gut.

Konrad und Birgit bekamen nichts mit von dem, was zwischen Jutta und mir vorging. Als Clown hatte ich mir fledermausfeine Sinne antrainiert, ich spürte, dass in Jutta etwas vorging. Ihre Mundwinkel wurden mit jedem Lachen, das ich ihr abrang, weicher. Also legte ich mich ins Zeug und ich hätte es wahrscheinlich bis zu meiner Selbstversenkung getrieben, wenn Konrad nicht rechtzeitig einen Lokalwechsel vorgeschlagen hätte. Er kannte ein billiges serbisches Restaurant, wollte vor Birgit und Jutta den Weltmann spielen.

Birgit und Jutta waren einverstanden, sie gingen mit. Eine halbe Stunde später saßen wir bei Fleischspießchen und einer Flasche Plavac im Beograd. Zwei Fiedler sägten so nahe an meinen Ohren an ihren Fiedeln, sie spielten so bestürzend sentimentale Volkslieder, dass ich noch eine Flasche Plavac bestellte.

Irgendwann verschwand der harte Zug um Juttas Mund, sie war fast heiser vor lauter Lachen. Konrad und Birgit turtelten verzückt. Die Fiedler spielten merklich erschöpft, ich steckte ihnen einen Geldschein zu, ich wusste aus dem Kino, wie man Weltmann spielt.

Irgendwann legte man uns die Rechnung auf den Tisch, ich bezahlte großspurig. Wir stolperten aus dem Beograd, um die Ecke war eine Bar offen, dort nahmen wir noch einen Absacker.

Lange nach Mitternacht saßen wir zu viert in einem Taxi, Jutta nahm meinen Arm und flüsterte mir ins Ohr. Ich glaubte »Kommst du mit?« zu verstehen und nickte.

Das Taxi hielt vor Juttas Wohnung, wir stiegen aus, Konrad und Birgit fuhren weiter.

Ich wachte früh auf mit Kopfweh und Harndrang. Ich streckte meinen Fuß aus dem Bett, doch der fand keinen Boden. Ich blinzelte über den Bettrand. Ich befand mich zwei Meter über dem Zimmerboden. Nur eine schmale Hühnerleiter führte dort hinunter. Wie war ich in diese Höhen geraten? Ich drehte mich um, da lag Jutta mit beiden Armen nach oben wie ein Baby, was ihre nackten Brüste wunderbar straffte.

Ich kletterte die knarrende und ächzende Leiter hinab. Jutta hörte mich nicht. Ich huschte auf Zehenspitzen über den eiskalten Gangboden. Mein Blick fiel auf ein lilafarbenes Plakat: *Alle Männer, die sich nicht um Verhütung kümmern, haben wir rausgeworfen.* Darunter das Zeichen für Frauenpower. In der Toilettentür eine klare Fensterscheibe. Als ich eintrat, fiel mein Blick auf die Darstellung eines durchgestrichenen stehend pissenden Männchens. Ein Pfeil zeigte auf das korrekte Bild daneben: Das Männchen saß auf der Klobrille. Darunter: *Frauenpower.*

Wenn ich mich hinsetzte, würde mir jeder von draußen zusehen können. Ich hob die Klobrille an und erleichterte mich im Stehen. Auf der Suche nach dem Badezimmer sah ich eine nackte junge Frau über den Flur huschen. Sie grüßte mich nach Art der Bauarbeiter mit einem Hochrecken des Kinns. Ich schlich mich zurück in Juttas Zimmer.

Jutta: Ich habe dich am Anfang nicht besonders gemocht. Ich habe gedacht, du bist ein Angeber.

Ich: Das bin ich auch.

Jutta: Komm ins Bett, Angeber.

Später, als ich am Frühstückstisch etwas mehr als drei Sätze gesagt hatte, meinte Juttas Mitbewohnerin bei einer Schale Müsli mit wildem Zungenschlag, ich würde irgendwie heavy reden. Sie warf mir einen Löwinnenblick zu, ähnlich dem, den ich anfangs bei Jutta zu sehen glaubte und ihn für einen Ausdruck der Ablehnung hielt, bis ich begriff, dass es der Jagdblick war.

Du wirst mich nicht umsonst bekommen, sagte dieser Blick, du wirst dich wundern, wie schnell du meine Beute sein wirst. Du hast keine Ahnung, was eine Frau ist, du hast noch einen weiten Weg vor dir, kleiner süßlippiger Träumer! Unter ihrem Blick leuchtete ihr langer lilafarbener Pullover, den sie über ihre Schenkel zog. Ich wusste, sie trug kein Höschen darunter.

Ich trat auf die Straße mit dem Gefühl, an einem Abenteuer teilzuhaben. Ich kam aus dem Bett einer schönen Frau – wahrscheinlich war sie auch klüger, als ich es je im Leben sein würde, auf ihrem Schreibtisch sah ich einen blauen Band mit goldener Schrift: Karl Marx, Das Kapital –, ich ging durch die Stadt in der Gewissheit, am richtigen Ort zu sein. Das Leben hatte begonnen.

Ich war unausgeschlafen, unrasiert und verkatert – bekam ich gerade deshalb so viele Frauenblicke? Ich hörte auf, unsichtbar zu sein, ich konnte es kaum glauben. Ich empfing Blicke. Und ich sah, und indem ich sah, spürte ich die Körper der Frauen.

Was war geschehen? Wie war es gekommen, dass ich für die Frauen nicht länger unsichtbar war? Hatte die Stadt mir den verwegenen Gesichtsausdruck à la James Dean ins Gesicht gezeichnet? War es, weil ich so tief in meiner Mauser gesteckt hatte, dass ich davon ein Mann geworden war?

Ich war kein Mann. Ich war ein Hormonhaufen auf zwei Beinen. Frauen spüren so was. Aber das allein ist es nicht. Reines, brüllendes, grölendes, Bier trinkendes Testosteron mögen die wenigsten Frauen. Zumindest die nicht, auf die es mir ankam. Die, auf die es mir ankam, suchten nach etwas anderem. Wenn ich nur gewusst hätte, wonach sie suchten. Vielleicht nahmen sie mich nun deswegen wahr: weil ich keine Ahnung hatte, aber doch irgendwas erlebt hatte. Was hatte ich denn erlebt außer Löwinnenblicken, unter denen ich ahnungslos wie ein Schaf weidete?

Den ganzen Vormittag ließ ich mich durch die Stadt treiben. Ich entdeckte ein neues Spiel: Wenn ich jemanden sah, der mich interessierte, stellte ich mir sein oder ihr Leben vor, mit wem sie, er schlief, ob sie, er Kinder hatte, und in ihrem, seinem Blick suchte ich nach Wachheit. Denn ich sah, dass die meisten Leute wie aufgezogen durch die Straßen gingen. Manchmal, wenn ich den Blick einer oder eines Wachen empfing, erschrak ich. Es gab einen Augenblick des Wiedererkennens, sie, er wusste, ich wusste. Was eigentlich wusste ich? Ich wusste in diesem anderen eine Komplizin, einen Komplizen der Wachheit inmitten von Schläfern und Automaten. Es war herrlich, das Leben so rein, so stark in meinen Adern zu spüren. Ich hatte es in meiner Heimatstadt, in der Schule, bei meinem Vater nur im Halbschlaf ausgehalten. Wäre ich aufgewacht, ich wäre verrückt geworden.

Jetzt war ich aufgewacht, ich spürte den Herzschlag des warmen, unendlich kostbaren Lebens in mir und ich wollte es mit aller Kraft leben.

Die Stadt war mein Nährboden, ich zog Kraft aus ihr, von der ich gar nicht gewusst hatte, dass ich sie habe. Ich erkundete alle Parks und Kaffeehäuser der Stadt, ging in die großen Museen, um meinem Provinzauge endlich Nahrung zukommen zu lassen. Die Nahrung war anderer Art als erwartet: Während draußen der ruhelose Motor der Arbeit die Menschen in die Pflicht nahm, wandelten hier Müßiggänger und Touristen durch die Bildergalerien.

Ich stand lange vor Vermeers Allegorie der Malerei, in der ich einen Vorschein einer Schönheit und Vollkommenheit fand, die ich noch nicht begreifen, nur erahnen konnte. Ja, die Stadt würde meine groben Sinne so verfeinern, mich wie einen Rohdiamanten schleifen, bis ich in der Lage wäre, die Tiefe und Feinheit dieses Bildes zu verstehen.

Mit diesem Gedanken wandte ich mich vom Bild ab und trat in das Kraftfeld der Augen einer Frau Ende dreißig, die ich wohl noch länger angestarrt hätte wie das Reh den Wolf, hätte sie mir nicht dieses wunderbare Lächeln geschenkt, in dem ich die ganze Eleganz der Welt aufsteigen sah. Ich nahm all meinen Mut zusammen und lächelte zurück. Ich suchte im Nebel der Leere meines Kopfes nach einem geeigneten Satz, doch sie kam mir zuvor.

Die Unbekannte, mit feinem Akzent: Mögen Sie dieses Bild?

Ich: Ich glaube schon. (Blödmann!, rief es in mir. Warum: Ich glaube? Kannst du dich nicht klar ausdrücken?)

Die Unbekannte, souverän: Vermeer hat nur wenige Bilder gemalt, doch jedes stellt eine ganze Welt dar.

Ich: Äh …

Die Unbekannte: Er hatte so viele Kinder und war beim Bäcker so verschuldet, dass er ihm seine Bilder gegen Brot gab.

Ich: Äh … unglaublich … sind Sie Kunsthistorikerin? (Schon wieder: Blödmann! Dann schlag doch du was Besseres vor!)

Die Unbekannte: Oh nein, ich liebe nur die Kunst. Und Sie? Was führt Sie ins Museum?

Ich: Oh … äh … (Los, lass dir was Kluges einfallen!) Ich möchte sehen lernen. (Hört, hört!)

Die Unbekannte: Das gefällt mir!

Ich, erleichtert: Wirklich?

Die Unbekannte: Ja, das hat mir noch keiner gesagt.

Ich: Wirklich keiner? Äh …

Die Unbekannte: Möchten Sie mir nicht mehr über Ihren Wunsch, sehen zu lernen, erzählen?

Ich: Äh … ja … warum nicht?

Die Unbekannte: Kommen Sie, hier um die Ecke gibt es bestimmt ein schönes Café. Das ist die Welthauptstadt der Cafés. Welches können Sie mir empfehlen?

Ich: Ich bin erst seit Kurzem in der Stadt …

Die Unbekannte: Wo waren Sie vorher?

Ich: Äh … zu Hause (Das ist peinlich, verdammt! Fällt dir nichts besseres ein? Schnell!)

Die Unbekannte: Und wo ist das?

Ich: Am anderen Ende des Landes … ziemlich weit weg … (Oh Mann, oh Mann, du bist ein hoffnungsloser Fall!)

Die Unbekannte: Und jetzt sind Sie hier in der Hauptstadt, um sehen zu lernen?

Ich, euphorisch: Genau! Sehen und denken lernen.

Die Unbekannte: Ist das nicht dasselbe? Wenn man sieht, weiß man auch?

Ich: Äh … darüber habe ich noch nicht nachgedacht. (Blödmann!)

Die Unbekannte: Kommen Sie! Führen Sie mich in ein schönes Kaffeehaus!

Bei der Garderobe half ich ihr in ihren eleganten Mantel. Ihre hohen Schuhe klopften weltstädtisch auf den Marmorboden. Sie hing sich bei meinem Arm ein, ich führte diese Frau von Welt wie ein großer Herr der alten Schule aus dem historischen Prunkbau hinaus auf den großen Vorplatz einer der berühmtesten Städte der Welt. Ich, ganz allein mit einer Frau von Welt! Ich, aussichtsloser Student der Betriebswirtschaftslehre, mit einer wunderschönen Weltfrau am Arm!

Sie richtete es so ein, dass ich den großen Mann spielen durfte. Sie schwebte auf ihren Stelzenabsätzen an meinem Arm dahin, ich fragte mich, wie sie mit diesen Schuhen nur gehen konnte. Die Frauen, die ich kannte, hatten über Schuhe wie diese mit Verachtung gesprochen, ebenso über alle weiblichen Accessoires, über Make-up, Röcke und so weiter, kurz, über alles, was nach deren Aussage einzig der Herrschaft des Mannes über die Frau diente. Ich hatte mir nie eigene Gedanken darüber gemacht, ob mir Schuhe wie diese gefielen, wie ich Röcke, Selbsthalterstrümpfe, Make-up und Schmuck fand. Ich war brav der Ansicht der Frauen gefolgt, um mir nicht ihren Missmut zuzuziehen. Die Unbekannte schien alle diese Dinge freiwillig zu tragen, zumindest war kein Mann in der Nähe, der sie dazu nötigte.

Jetzt hätte Laura mich sehen sollen! Bestimmt würde sie bereuen, dass sie mich nicht schon damals als Mann wahrgenommen hatte! Ha! Alle Frauen, die ich vergeblich angeschmachtet und die durch mich hindurchgeschaut haben, seht mich an, ich bins, der kleine Provinzbub, mit der elegantesten Frau der Welt am Arm! Ich führte sie unentschlossen mehrmals um die Oper herum, bis sie schließlich das berühmteste Café der Stadt ansteuerte. Ein Livrierter öffnete uns die Türe, ich schritt mit weichen Knien voran, ein zweiter Livrierter wies uns einen Tisch zu, ich errötete, sähe meine Begleiterin mir jetzt ins Gesicht, sie würde meine ganze Unsicherheit, meine ganze Provinzialität sehen.

Ich durchforstete mein Gedächtnis nach passenden Szenen aus Kostümfilmen, versuchte mich an die Gesten der Gentlemen in Situationen wie dieser zu erinnern. Ob ich ihr den Stuhl rücken sollte? Nein, selbstverständlich musste sie auf der Couch sitzen. Ich half ihr aus dem Mantel, wies ihr den besten Platz zu, ging zur Garderobe und gab unsere Mäntel ab. Ein Livrierter kam, zückte Notizblock und Bleistift und zählte, als die Unbekannte Champagner bestellte, eine Liste der berühmtesten Sorten auf. Sie wählte den Taittinger.

Ein junger Hilfskellner, ebenfalls in Livree, kam und kredenzte uns den Champagner. Feine Bläschen stiegen aus perlmuttfarbenem Grund auf, flöteten sich am schmalen Kelchrand lichtwärts. So hatte ich mir die große Welt vorgestellt, verkörpert in diesem edlen Getränk in der Hand der elegantesten Frau der Welt, die mit übergeschlagenen Beinen saß. Nun zeigte sich, wie kurz ihr Rock war, darunter trug sie Selbsthalterstrümpfe, die etwas vom Fleisch ihres Oberschenkels aufschimmern ließen, wie ich es nur aus dem Kino kannte. Wir stießen an, und es floss hell und fröhlich meine Kehle hinunter, es war unbeschreiblich. Ich hatte bislang nur Fuselsekt gekannt, jetzt begriff ich, warum sie in den Filmen immer solch Aufhebens um den Champagner machten. Und ich wurde ganz ruhig.

Mit einem Mal saß ich wie selbstverständlich in diesem berühmten Café, die Unbekannte übertrug ihre Sicherheit und Eleganz auf mich, ich war ein richtiger Mann an der Seite einer richtigen Frau, nichts weiter. Ja, nichts weiter: Alles war so selbstverständlich in diesem Augenblick. Die Unbekannte bestellte noch einmal Champagner, das Reden ging so einfach, es war alles so leicht und mit jedem Glas wurde es leichter.

Sie hieß Carroll, sie war Französin, lebte in Paris, kam mehrmals im Jahr in unsere Hauptstadt, sie sagte, sie liebe diese Stadt, weil sie ein Museum sei, eine Perle unter den Städten. Hier sei die Zeit stehen geblieben, während sie überall sonst alles kahl schlugen, bewahrten sie es hier unabsichtlich, da alles im Dornröschenschlaf lag. Ich kannte weder Paris noch sonst irgendeine Stadt von Bedeutung, für mich war dieses Museum hier die große Welt.

Carroll: Du bist ein schöner Mann.

Ich: Äh … (Siehst du, sie nennt dich einen Mann! Und einen schönen noch dazu!)

Carroll: In Paris lägen dir die Frauen zu Füßen! Komm nach Paris! Ich stelle dich den richtigen Leuten vor.

Ich: Äh … (Paris? Ich bin froh, wenn ich mich hier in ein berühmtes Café hineintraue!)

Carroll: Du würdest die Herzen im Sturm erobern! In einem guten Anzug, oh, là, là!

Ich: (Warum eigentlich nicht? Was kost' die Welt? Hat das nicht der alte Kaiser gesagt? Der hats wissen müssen.) Ähhh … ich spreche kein Französisch.

Carroll: Das bringe ich dir bei! Bei deiner Intelligenz kein Problem!

Ich: (Hast du gehört? Sie hat gesagt, du bist intelligent! Ja, du! Das hätte dein Vater hören sollen!)

Eine Stunde später lag ich mit Carroll in einem Bett aus einem Film, ich wusste nur nicht, aus welchem. Ich hatte noch nie solche Bettwäsche auf meiner Haut gefühlt, noch nie ein solches Badezimmer gesehen. Ich staunte ungläubig, als ich uns beide im Spiegel sah. Wir saßen mit einer Flasche Champagner im Bett, ein neues Leben perlte in meinen Adern. Carroll genoss meine Freude und mein Staunen, für sie war dieser Luxus normal. Sie legte ihren Kopf auf meine Brust und flüsterte ganz leise: Mon petit marin, mon filou, mon gamin ... Ich fragte sie, was das hieß. Sie sagte: Das heißt, dass du etwas Besonderes bist.

Dabei sah sie mich auf eine Weise an, wie mich noch nie eine Frau angesehen hatte. Es war etwas wie Wehmut darin, Wehmut über die vergehenden Jahre, etwas wie ein Wissen, das ich nicht hatte, aber doch in ihren Augen sah, ein Wissen über die Unwiederbringlichkeit der Zeit.

Ich war innerhalb weniger Stunden zum Mann und erfahrenen Liebhaber geworden, denn Carroll eröffnete mir eine Welt der Zärtlichkeiten, von der ich nichts geahnt hatte.

Im Morgengrauen packte Carroll ihren Koffer, ich begleitete sie bis vors Hotel, sie umarmte mich, steckte mir ihre Visitenkarte zu, versprach, mich bei ihrem nächsten Besuch in der Stadt anzurufen, und stieg in eine Limousine, die sie zum Flughafen brachte. Ich winkte, sie saß hinter getönten Scheiben.

Konrads Wohnung war eine Müllhalde, das wurde mir schlagartig klar, als mir beim Öffnen der Tür der Geruch von überfälligem Müll und alten Leitungen entgegenschlug. Ebenso schlagartig verschwand die große Welt, in der ich mich eben noch bewegt hatte. Konrad saß in Unterhosen vor einem vollen Aschenbecher. Rauch stand dicht wie Nebel im Zimmer.

Konrad: Kannst du mir einen Hunderter leihen?

Ich: Mein Vater hat mir noch kein Geld geschickt.

Konrad: Aber du studierst doch brav!

Ich: Ähh …

Konrad: Zumindest auf dem Papier, oder?

Am nächsten Tag trieb ich mich unentschlossen auf dem Unigelände herum, setzte mich schließlich in die Mensa. Ich spielte Student. Ich hatte mir von Konrad ein zerfleddertes Exemplar von Raymond Chandlers »Der lange Abschied« geliehen. Mir gefiel der kühle Ton darin. Das war ein Typ, dieser Philip Marlowe. So cool müsste man sein. Am Nebentisch saßen echte Studenten der Betriebswirtschaftslehre mit echten Vorlesungsmitschriften, die sie diskutierten. Das versaute mir den Krimi. Ich ging in die Stadt. Ich hatte durch die Stunden mit Carroll einen Blick in eine andere Welt geworfen, die es da draußen gab. Carroll war abgereist, ich war hier, ich war jung, aber ich wusste nicht genau, was das bedeutete. Nur, dass kein Betriebswirt aus mir würde, das wusste ich.

Im Kino lief »Wie im Himmel«. Ich ging rein. Das hätte vielleicht Philip Marlowe auch gemacht, wenn er am helllichten Tag nichts Besseres zu tun gehabt hätte. Oder um sich zu erholen, wenn er wieder einmal eins auf die Birne gekriegt hatte.

Der Film war ein einziges großes Gefühl. Ich wehrte mich dagegen, aber es half nichts. Ich war glücklich über die Gegenwart dieses wunderbaren Mannes, der in sein Heimatdorf zurückkehrt, um dort neu anzufangen. Ich teilte das Glück der kleinen Leute aus dem schwedischen Dorf, in deren Leben der neue Messias in Gestalt des Dirigenten tritt. Ich durchlitt mit ihm alle Anfeindungen, spürte mit ihm die stille Kraft der Liebe.

Was war nur los mit mir? Ich war weich wie Butter, meine Nerven lagen blank. Der Film breitete sich in mir aus wie eine Brausetablette. Ich wurde von Gefühlen überschwemmt, die gar nicht meine waren. Ich war nicht der kranke Dirigent, ich lebte nicht in einem schwedischen Dorf. Und trotzdem fühlte ich, was diese wunderbaren Schauspieler mich lehrten zu fühlen. Jeder konnte in meinen Gefühlsbauchladen hereinspazieren und mit mir Ping Pong spielen. Dabei hatte ich ein Mann werden wollen. Ein richtiger Typ. Ich war wahrscheinlich zu weich für das Leben da draußen. Ich hatte doch gerade angefangen, Geschmack am Leben in freier Wildbahn zu finden. Ich hatte keinen Plan. Das war nicht das Schlimmste. Die meisten rennen ohne Plan herum oder mit höchstens ein paar Schnipseln von einem Plan.

Ich kam durchgewalkt und runderneuert aus dem Kino. Es war heller Tag, und ich stand voller Sehnsucht nach etwas, wovon ich nicht wusste, was genau es war, und ohne Zeitgefühl an einer lauten Straße. Was würde Philip Marlowe jetzt tun? Die Gegend sondieren! Das konnte ich auch.

Ich ging mit Radaraugen die Straße entlang, bog in diese Seitenstraße, dann in jene. Hauptsache, ich blieb auf der Spur des Lebens. Und was war das Leben, wenn nicht die Frauen? Also schoss ich mit Sehnsuchtsblicken um mich wie die Gangster in Chandlers Roman mit Kugeln. Vielleicht war noch etwas von dem Sehnsuchtsfilm in meinen Augen, jedenfalls bekam ich so viele tiefe Blicke von Frauen wie noch nie im Leben. Ich war nicht mehr unsichtbar, ich war mitten in der Feier des Lebens. Wohin nur mit dem ganzen Berg von Sehnsucht in mir?

5

Ich saß bei einem Glas Champagner, mit dem ich mich im Stillen bei Carroll bedankte, in einer Hotelbar – ja, ich traute mich nun ohne Weiteres auf das Weltparkett –, als ich aus den Augenwinkeln ein Funkeln erahnte. Ich drehte mich um und sah in ein Lächeln im Gesicht einer blonden Frau. Ich zeigte fragend auf mich, sie nickte und bot mir mit einer Geste einen Platz an ihrem Tisch an. Ich wunderte mich, wie fest meine Knie waren, als ich der Einladung der Unbekannten folgte. War das der Einfluss von Philip Marlowe? Oder war ich seit Carroll schon ein alter Hase in der großen Welt?

Sie hieß Vilma, so wie Fred Feuersteins Frau. Ich dachte natürlich, das sei ein Scherz, ich grinste blöd, aber sie blieb ganz ernst. Und sie sprach Englisch mit einem schönen kehligen Akzent. Sie war Italienerin, für ein paar Monate in der Stadt wegen eines berühmten Tanzlehrers. Ja, sie war Tänzerin. Unglaublich, ich saß neben einer richtigen Tänzerin, Schwanensee und so. Ich fragte: Schwanensee und so? Oh no, sie winkte ab. Modern dance, Cunningham, Martha Graham, ob mir diese Namen etwas sagten? Leider nein, ich hatte mein Leben bislang als Kriechtier verbracht, ich kannte sämtliche Bodenmuster im Haus meines Vaters, hatte die Unkrauthalme in unserem Vorgarten einzeln gezählt. Aber tanzen? Ich hatte Filme gesehen. Mir wurde bewusst, dass ich meine Bildung dem Fernsehen zu verdanken hatte, die Schule war nicht schuld daran. Immerhin konnte ich mich mit Vilma unterhalten, das verdankte ich meinem Schulenglisch.

In Vilmas Gesicht spielte ein leicht abgeklärtes Lächeln, das ich aus alten Schwarz-Weiß-Filmen mit Gloria Graham kannte. Solche Filme gingen nie gut aus, Blondinen wie Gloria Graham waren Gift, das in die Adern der Männer träufelte und sie von innen zersetzte. Ich hatte nie recht verstanden, weshalb die Männer in diesen Filmen den giftigen Frauen so wehrlos ergeben waren.

Als Kind hatte ich zum ersten Mal den Ausdruck »Mit den Waffen einer Frau gehört«. Ich war damals im Wildwest-Alter und verstand eine Menge von Winchestergewehren und 44.Colts. Was waren wohl die Waffen einer Frau? In farbenfrohen True-Color-Western trugen leichtere Bardamen des Öfteren eine Darringer in ihrem Strumpfband. Das war eine Art Floh-Pistole, aber aus der Nähe konnte sie einen Mann doch übel zurichten. Die Frauen in diesen Filmen waren wasserstoffblond, geschminkt wie Truthähne und neigten zu ausdrucksstarken Grimassen. Ich dachte, so sind Frauen eben. Auf die Idee, dass man ihnen verfallen konnte, wäre ich nicht gekommen. Wie sollte man auch einem Truthahn verfallen? Die Männer tranken furchtbar viel und schlugen sich und schossen aufeinander der Frauen mit Darringers im Strumpfband wegen. Ich hatte noch nie ein Strumpfband aus der Nähe gesehen.

Die Zeit, in der die Filme spielten, war längst vergangen, das wusste ich. Und diese Zeit gab es nur in Amerika. Bei uns in der nebligen Kleinstadt trugen Frauen keine Pistolen an Strumpfbändern. Vermutlich trug keine einzige Frau in der ganzen Kleinstadt ein Strumpfband. Aber beschwören hätte ich es nicht können. Das amerikanische Kino lehrte mich immerhin so viel: Bei Frauen musste man mit allem rechnen. Von nun an fragte ich mich, ob Frau Zanetti, unsere Nachbarin, wenn sie morgens mit Lockenwicklern in den Haaren Wäsche aufhängte, darunter ein Strumpfband trug. Ich studierte mit einem selbstgebauten Fernglas aus Klorollen jedes einzelne Wäscheteil, aber ich konnte nichts finden, was einem der Strumpfbänder aus dem Fernsehen geglichen hätte.

Ich hatte nur wenige solcher Filme gesehen, da mein Vater mich, wenn ein Frauenbein aus der Nähe gezeigt wurde, aus dem Zimmer schickte. Immerhin hatte ich den Beweis gesehen, dass es die Welt der Frauenbeine, Strumpfbänder und der Waffen der Frau gab, wenn auch nur in Amerika. In unserer Nachbarschaft kam so etwas nicht vor. Einmal, als sich die uralte Frau Hämmerle über ihr Salatbeet beugte, fiel mein Blick auf eine zweite Welt aus Unter- und Gegenunterröcken, bandagierte geschwollene Beine und eine Dunkelzone, vor deren Erforschung ich zurückschreckte. So etwas gab es im Fernsehen nicht zu sehen.

Die kühlen Blondinen aus den Filmen, deretwegen die Männer am Tresen schummriger Bars Unmengen von Whisky tranken, hatten mit den Frauen aus der Nachbarschaft nichts gemein. Vielleicht waren unsere Nachbarinnen gar keine Frauen, sondern so etwas wie ferngesteuerte Hilfsgeister, die Haus und Garten in Ordnung hielten. Aus Zanettis Haus toste jeden Tag der Lärm des Staubsaugers, Frau Zanetti raste als Roboter durch sämtliche Zimmer auf der Jagd nach dem einzigen Staubkorn, das dem Staubsauger am Vortag entkommen war.

Bis mich eines Tages ihre Tochter, Silvana Zanetti, ins

Gebüsch zog. Sie bot mir an, mir ihr Pipi zu zeigen, wenn ich ihr meins zeigte. Mir wurde ganz heiß, meine Hose spannte, ich schämte mich. Staunend fasste Silvana mich an. Ich streifte ihr das Höschen hinunter und wunderte mich, dass da nichts weiter war. Silvana nahm meine Hand und führte sie an ihr Nichts. Ich nahm einen Kieselstein und passte ihn ein. Von da an wusste ich, dass Frauen ganz gelassen mit nichts schießen konnten.

Ich saß mit einer italienischen Tänzerin in einer Hotelbar, deren Gesicht mich auf eine Reise durch die Zeit schickte. In Vilmas Gesicht steckten viele Gesichter, die ineinander changierten, wie manche Stoffe es tun. Vilma war eine Reisende in Sachen Tanz. Sie lebte dort, wo ihre Ausbildung es erforderte. Sie hatte bei den berühmtesten Lehrern studiert, in London, in Paris, in Amsterdam. Nun war sie für ein paar Monate hier in der Hauptstadt und im nächsten Jahr wollte sie nach New York gehen. New York! Ich dachte, diese Stadt gäbe es nur im Kino.

Ich fühlte mich ganz klein neben Vilma, deren Körper kraftvoll und doch erstaunlich weiblich war. Sie war klein, sie trug hohe Schuhe und vielleicht Selbsthalterstrümpfe unter ihrem Rock. Trugen das alle Frauen von Welt? Um Vilmas Mund war etwas Spöttisches, wahrscheinlich machte sie sich lustig über mich unerfahrenen Tropf, und ich merkte es nicht einmal. Ich wollte mehr über den Tanz wissen. Sie sprach von Disziplin und Schmerzen und Entbehrungen, aber sie würde dafür reich belohnt durch spiritual energy, wie sie es nannte. Dabei blitzten ihre Augen gefährlich.

Ich hatte keine Ahnung, wovon sie sprach, doch ich

hörte ihr gebannt zu, denn sie erzählte von einer mir verborgenen Welt. Auch das gab es: eine junge Frau, die ihre ganze Kraft auf das Beherrschen bestimmter Körpertechniken verwendete. Es wurde heller um sie, als sie vom Tanz und ihrer Bestimmung als weltberühmte Tänzerin sprach. Sie würde bald auf allen großen Bühnen der Welt tanzen, sie sprach davon als von der selbstverständlichsten Sache der Welt.

Vilma war der erste Mensch, dem ich begegnete, der nur für seine Kunst lebte und dessen ganze Sehnsucht dem Erreichen der höchsten künstlerischen Ziele galt. Von ihr ging jetzt, da sie davon sprach, ein solcher Sog aus, eine spürbare Kraft war im Raum, sodass ich ahnte, was sie mit spiritual energy meinte. Vilma war es gewohnt, dass sich die Welt um sie drehte, zur Not nahm sie sogar mich als ihr Publikum. Ich saß sprachlos in ihrem Bann, bestellte noch ein Glas Champagner, das war meine neue spirituelle Energie. Sie trank Tomatensaft.

Vilma: So what is it you expect from your life?

Ich: Äh … (Sag was, Mann!)

Vilma: Or is it just that you don't know yet?

Ich: Äh … I think so … (Und damit willst du die Welttänzerin beeindrucken? Blödmann!)

Als wir die Hotelbar verließen, stöckelte Vilma an meinem Arm die Prachtstraße entlang. Mein Leben als verhinderter Student fing an, mir zu gefallen. Sie bat mich, sie zum Tanzstudio zu begleiten. Als wir dort ankamen, flogen lauter junge Schlangenfrauen mit kleinen Rucksäcken ein. Ihnen allen war eine bestimmte Art zu gehen gemeinsam.

Ich sah auch einen jungen Tänzer, dessen Gesicht gemeißelt schien wie eine Skulptur. Er trat auf wie ein Prinz aus Tausenundeiner Nacht in seinem Harem. Alle anderen waren Frauen. Neid biss mich in meiner Magengrube. Es war aussichtslos: Ich hatte kein Talent zum Tänzer.

Vilma bat mich, sie nach dem Training abzuholen. Ich lebte auf, und wir verabredeten uns auf später.

Als sie aus der Tür des Tanzstudios trat, war es, als ob die Sonne aufginge. Diesen und ähnliche Sätze habe ich schon in Filmen zweifelhafter Qualität gehört, aber was konnte ich dafür, wenn die Wirklichkeit so war? Vilma strahlte so sehr, dass die Leute auf der Straße sich – sie ging an meinem Arm, als wären wir schon lange ein Paar – nach ihr umdrehten. Und wie sie in hautengen Leggings auf ihren Stelzenschuhen ging! Sie wiegte sich in den Hüften, warf in genau zur Schrittfolge passenden Abständen mit einem Ruck ihres Kopfes ihr blondes Haar über die Schulter und wippte in ihrem Großstadtschritt an meiner Seite dahin. Ich wusste nicht so recht, wie ich mich ihrem Schritt angleichen sollte, ich ging eingeschüchtert und kleinlaut neben ihr her und wunderte mich, wie es dazu kam, dass an meinem Arm eine der künftig größten Tänzerinnen der Welt ging. Bei diesem Gedanken wurde ich ganz klein, doch als sie mir ihren Welteroberungsblick zuwarf, richtete ich mich wieder auf.

Während des Essens fiel ein dutzend Mal das Wort spiritual energy, und jetzt, da ich sie so strahlen sah, glaubte ich ihr jedes Wort. Was wusste ich schon von der Welt? Ich hatte bisher unter einer Glasglocke gelebt, das wusste ich, und dass es da draußen so vieles gab, was ich noch nicht verstand. Ich war nie auf den Gedanken gekommen, dass aus mir etwas werden konnte. Ich war der Sohn meines Vaters, da blieb kein Platz für mich selbst. Obgleich Vilma möglicherweise verrückt war, durchschaute sie mich doch sofort. Ich war wohl ein offenes Buch, in dem sie mühelos las. So kam sie auf meine Zukunft zu sprechen, fragte, was ich werden wollte. Ich versuchte, das Gespräch auf ihre spiritual energy zu bringen, denn das schien ihr Lieblingsthema zu sein.

Doch Vilma blieb hartnäckig. Sie sagte, aus mir könne ein bedeutender Mann werden, sie sehe in mir das Potenzial, es liege brach unter einer dicken Schicht Angst. Wake up, sagte sie, während sie mich mit ihren Katzenaugen hypnotisierte, do something! It's up to you! Welcher Art mein Potenzial war, darüber sagte sie kein Wort. Ich tappte also weiter im Dunkeln. Um sie nicht zu reizen, versprach ich, etwas aus mir zu machen, ohne selbst zu wissen, wie ich das meinte.

Vilma durchschaute mich natürlich, hielt mir eine kleine Rede von der Verachtung der Schwachen, die selbst Schuld hatten, wenn sie schwach blieben und nichts aus sich machten. Ich gelobte Besserung. Wie sollte ich es anstellen, aus dem Schattenreich der Schwachen zur spiritual energy der Starken zu finden? Darüber sagte Vilma kein Wort.

Ich nahm mir vor, ernsthaft an mir zu arbeiten, auf welchem Weg auch immer zu meiner spiritual energy zu finden und so möglicherweise ein bedeutender Mann zu werden oder möglicherweise erst einmal ein Mann auf der Suche nach dem Bedeutsamen auf dem unbekannten Grund seiner Persönlichkeit.

Vilma teilte sich eine Wohnung mit einer Kollegin. Sie führte mich in ihr Zimmer und während sie sich auszog, redete sie unablässig.

Vilma: You want to possess me, right?

Ich: Ähhh ...

Vilma: Don't lie to me, I know you want to possess me, all men want it.

Ich: Ähhh ... no ... I ...

Vilma: Don't lie to me! You are all the same! You want to lock me in and own me just for yourself. That's what you want!

Ich: Nein ... ich ... I mean ... I (Auf eine solche Situation hat dich niemand vorbereitet, wie? Jetzt sieh zu, wie du da rauskommst!)

Vilma: I know you want to have me just for your own. Tell me that I am right!

Ich: Maybe I'd better go home now ...

Vilma: Come here stupid! Kiss me!

Vilmas spirituelle Energie war so stark, dass wir wohl das ganze Haus aufweckten. Immer wieder schrie sie: Oh yes, again! Tell me that you want to possess me! I know you would like to keep me as your sexy slave! Tell me that I am right!

Ich schlief unruhig ein paar wenige Stunden, in denen mich Vilma immer wieder an sich zog, doch ihr Körper glühte so sehr vor spiritueller Energie, dass ich an sie gepresst nicht schlafen konnte. Ich entzog mich deshalb, doch sie zog mich wieder an sich. Ich sah die Dämmerung ins Zimmer kriechen. Ich studierte die Konturen von Vilmas Gesicht in den verschiedenen Stadien des zunehmenden Lichts. Ihre Stupsnase warf einen sehr kurzen Schatten.

Als sie aufwachte, zog sie mich an sich, biss mir sanft ins Ohr und sagte: You want to possess me, right? I know you want it!

Wir waren wieder sehr laut. Ich bewegte mich in einem Zwischenzustand aus Erschöpfung und Euphorie. Und ich hatte ein mulmiges Gefühl, als hätte ich das Gehege eines Tigers betreten und die dafür nötige Ausbildung geschwänzt.

Wir gingen in ein Café frühstücken. Sie legte ihre Hand auf mein Knie. Ich legte meine Hand auf ihre. Da zog sie ihre Hand weg.

Vilma: I am free like a bird. No man can possess me! I am a spiritual warrior, and we warriors got to be free! Nobody can tame us! And I know that's what you want: You want to tame me!

Ich: Ähh … listen …

Vilma: Shut up! I know exactly what you want! You want to tame me! But I am free like a bird!

Ich: Vilma … I … do not at all …

Vilma: Do you hear me? I am free like air! And I cannot stand if anybody tries to enchain me!

Ich: I never …

Vilma: Yes. you do! That's what you want! You want to enchain me!

Ich: Ich möchte jetzt gehen.

Vilma: You are a coward! You are so weak! Vafanculo!

Ich stand auf, zog meinen Mantel an. Vilma rief mir ein paar Wörter auf Italienisch nach, die ich nicht verstand. Das Wort spiritual energy war nicht dabei.

Konrad saß in Unterhosen rauchend auf dem Sofa. In der Küche stapelte sich schmutziges Geschirr. Der Fußboden klebte. Ich ging ratlos zweimal in der Küche auf und ab, ließ die Abwasch ein und begann die verklebten Teller zu schrubben.

6

Am nächsten Tag ging ich mit dem Vorsatz, etwas aus mir zu machen, an die Universität. Es ging das Gerücht, dass am Institut für Romanistik die schönsten Frauen studierten. Als ich ein Vollweib mit Löwenmähne auf das Institut zusteuern sah, drehte ich ab und ging in das Institut für Betriebswirtschaftslehre.

Ich kam gerade noch rechtzeitig zur Vorlesung »Einführung in die Betriebswirtschaftslehre«. Die hinteren Reihen waren bis auf den letzten Platz besetzt, irgendwo in der Mitte sah ich einen freien Platz und drängte mich in die Reihe. Der Professor begrüßte seine Zuhörer gerade, als ein Dutzend Studenten aufstehen musste, um mich durchzulassen, ihre Sessel klappten mit Getöse hoch, ringsum drehten sich Köpfe nach mir um.

Der Professor leierte seinen Stoff mit der Begeisterung herunter, die entsteht, wenn einer jahraus, jahrein mit denselben Worten über ein Schnarchthema spricht. Zum Abhauen war es zu spät, ich saß mittendrin. Ich stellte fest, dass ich bereits einige Lücken vorzuweisen hatte. Meine Banknachbarin hatte in den ersten Vorlesungen schon ein halbes Heft vollgeschrieben, ich sah in sehr ordentlicher Handschrift notiert: Einführung in die Betriebswirtschaftslehre I.

Ich hatte nicht einmal ein Stück Papier dabei. Meine Nachbarin sah es und riss ein paar Seiten aus ihrem

Schreibheft. Außerdem durfte ich mir einen Kugelschreiber von ihr ausleihen. Aus den Augenwinkeln fiel mir die imposante Adlernase meiner Banknachbarin auf. Ihren Haarknoten zierte ein blaues Haarband.

Sie schrieb in beeindruckendem Tempo mit, während ich die Sicherheit bewunderte, mit der die Ehefrau des Professors – so, wie er in diesem Anzug und dem karierten Hemd steckte, war klar, dass sie die Oberhoheit über seine Garderobe innehatte – die schnarchlangweiligste aller möglichen Anzug-Hemd-Krawatte-Kombinationen gewählt hatte.

Ich hatte von einem älteren Schweizer Ehepaar gehört, das im Zug saß, als der Mann seiner Frau laut mitteilte, dass er *bisala* müsse. Seine Frau meinte daraufhin, warum er denn nicht vor der Abfahrt *gebisalat* habe. Ihr Mann antwortete, sie habe ihm nicht gesagt, dass er sein Geschäft noch vor dem Einsteigen erledigen soll.

So stellte ich mir das friedliche Zusammenleben eines zur Ruhe gekommenen Paares vor, jenseits von Gut und Böse, Sex und Teufel. Ob ich es je so weit bringen würde?

Weit weg hörte ich Wörter, die wie Störgeräusche in meinen Ohren nachhallten. Das Wort Produktlebenszykluskonzept holte mich in die Gegenwart zurück. Dieses Wort öffnete eine Schleuse für eine ganze Kette von anderen Wörtern: Human-Resources-Modell, Balanced Scorecard, deterministische Bedarfsermittlung, stochastische Bedarfsermittlung, Customer-Relationship-Management, Rentabilitätsvergleichsrechnung, statische Amortisationsrechnung, interne Zinsflussmethode, Leverage-Effekt, Fluktuationsrate, Umschlagsdauer.

Schon jetzt spürte ich, dass diese Wörter unverdaulich waren, ich schrieb nicht mit, was sollte ich auch mit ihnen anfangen. Meine Nachbarin schrieb flink wie der Teufel, außerdem hatte sie eine gestochen scharfe, schöne Handschrift. Jedes einzelne dieser Wörter löste bei mir eine Art Amnesie aus, einen Abwehrmechanismus, damit ich sie mir nicht merken musste. Jedenfalls klappten bald die Stühle hoch, ich tauchte aus meinem Dämmerzustand auf, die Vorlesung war zu Ende.

Meine Banknachbarin: Du hast gar nicht mitgeschrieben.

Ich: Ach so, ja, das habe ich gar nicht gemerkt.

Meine Banknachbarin: Ich habe dich noch nie in der Vorlesung gesehen.

Ich: Das kann sein. Ich habe viel … zu tun.

Meine Banknachbarin: Wenn du willst, kannst du meine Mitschriften kopieren.

Ich: Wirklich? Das ist sehr nett von dir.

Meine Banknachbarin: Ist doch selbstverständlich.

Ich: Nein, das ist es nicht, es ist sehr nett.

Die Kopien aus dem Heft meiner Banknachbarin würden bald den Weg alles Irdischen gehen, ich hatte nicht vor, mit ihnen meine Zeit zu verschwenden. Vorerst musste ich aber so tun, als wäre die Betriebswirtschaftslehre schon immer meine Leidenschaft gewesen. Wir gingen gemeinsam zum Kopierapparat, der Leuchtstab wanderte hin und her.

Meine Banknachbarin hatte einen etwas harten Zug um den Mund, ihre Haare trug sie streng zu einem Knoten zurückgebunden. Auch die Buchstaben in ihrem Heft standen in strenger Ordnung einer neben dem anderen. Die unverdaulichen Wörter standen mir nichts, dir nichts in ihrem Heft, als wäre es die normalste Sache der Welt.

Ich nahm die Kopien, faltete sie zusammen, was eine kleine Wolke auf der Stirn meiner Banknachbarin aufziehen ließ. Sie hatte sich für ihre Mitschriften wohl ein besseres Schicksal erwartet. Ich verfügte aber über keine Schultasche. Ich hatte meine nach der Matura irgendwo im Haus meines Vaters auf Nimmerwiedersehen versenkt. Ich verfolgte den traurigen Blick meiner Banknachbarin bis zu den Kopien in meinen Händen, entfaltete sie und strich sie glatt. Das Wölkchen verschwand von ihrer Stirn.

Ich bedankte mich noch einmal bei meiner Banknachbarin und machte Anstalten, das Institut zu verlassen. Sie hatte denselben Weg. Auf dem Gehsteig schüttelte ich ihr die Hand und wandte mich zum Gehen. Es schien, als habe sie denselben Weg. Bis zur U-Bahn waren es zwei Minuten. So lange konnte ich noch mit ihr plaudern, schließlich hatte sie mich ihre Mitschrift kopieren lassen. Auch wenn ihre Kopien im nächsten Mülleimer landen würden. Das brauchte sie ja nicht zu wissen.

Zwei Minuten können lang sein, wenn man nicht weiß, was man zu seiner Banknachbarin-Begleiterin sagen soll. Wir waren zu jung, um über das Wetter zu reden. Von Betriebswirtschaftslehrc verstand ich nichts. Der strenge Haarknoten meines Gegenübers ließ mich daran zweifeln, ob es mir gelingen würde, ein Thema zu finden, das uns beide interessierte. Fußball kam nicht infrage, ich verstand nichts davon. Außerdem befanden wir uns an der Universität, das war eine feine Sache, da konnte man höchstens über Golf oder Tennis oder Crickett sprechen, aber Crickett war wohl Sache der Engländer.

Nein, die Universität war eigentlich keine feine Sache,

die Gebäude ließen an Schönheit und Sauberkeit zu wünschen übrig, denn wir waren nicht in England, dies war keine Eliteuniversität, das sah man daran, dass jemand wie ich hier studieren durfte, wo doch klar war, dass ich nur hier war, um nicht unter der Kontrolle meines Vaters zu sein, wobei die Sache den Haken hatte, dass es sein Geld war, das er mir gegen Bescheinigung des Betriebswirtschaftsstudiums schickte.

Zwei Minuten können lang sein. Die U-Bahn kann weit entfernt sein, obgleich sie unmittelbar vor der Nase ist. Immerhin erfuhr ich, dass meine Banknachbarin Helga hieß. Das hätte ich mir denken können, der Haarknoten hatte irgendwie nach Helga ausgesehen. Es wäre auch Adelheid, Hildegard oder Brunhilde infrage gekommen.

In der U-Bahn-Station fiel mir ein, dass ich am liebsten ziellos durch die Stadt streifen würde. Ich verabschiedete mich von Helga, ich sagte ihr, dass ich nicht mit der U-Bahn führe, sondern lieber zu Fuß durch die Stadt streife. Helga meinte, sie hätte auch nicht vorgehabt, die U-Bahn zu nehmen, sie wäre nur mitgegangen, weil sie unser interessantes Gespräch nicht beenden habe wollen. Vielleicht hatte es irgendwann in ihrem Leben ein interessantes Gespräch gegeben, unseres konnte sie nicht meinen.

Ich wandte mich also zum Gehen, Helga wandte sich mit. Ich hätte eine List anwenden und abrupt kehrtmachen und behaupten können, dringend etwas erledigen zu müssen. Aber etwas an Helgas strengem Haarknoten musste wohl da schon Macht über mich gehabt haben. Ich ging also im Paso Doble mit Helga durch die Innenstadt, von der ich jetzt, da ich in Begleitung meiner Banknachbarin war, kaum etwas wahrnahm.

Ich spürte zwar den einen oder anderen Blick auf mir, wagte aber nicht zurückzublicken, aus Höflichkeit, denn ja, ich habe eine gute Kinderstube genossen, und da gehört es nun einmal zu den Benimmregeln, dass man sich seiner Begleiterin widmet, auch wenn man gar nicht weiß, wie man zu einer Begleiterin kommt, da man eben noch allein durch die Stadt streifen wollte, allen Abenteuerwinden offen. Mit Wind und Abenteuer war es vorerst vorbei, Wind kam für Helgas Haarknoten ohnehin nicht infrage, und für Abenteuer schien Helga nicht die richtige Begleitung.

Unsere Unterhaltung kam nicht so richtig in Schwung. Meine Beine waren schwer, und ich spürte auch das Gewicht meiner Zunge, wenn sie auch nicht so schwer war wie bei den Rapports, die ich vor meinem Vater zu machen hatte.

So gingen wir wie Automaten nebeneinander, vor meinem Kopf war eine Milchglasscheibe, weiter sah ich nicht. In wessen Begleitung ging ich eigentlich so blind dahin? Ich betrachtete Helga heimlich von der Seite, denn sie hatte ein beeindruckendes Profil. Mit einem Mal fiel mir ein, wo ich ihre Nase schon gesehen hatte. Ich hatte im Kunstmuseum das Bildnis des Kaisers Maximilian I. gesehen. Im Jahre 1519 hatte Dürer also Helgas Nase gemalt, nur gehörte sie damals dem berühmten Kaiser.

Ein paar Säle weiter hatte ich Helgas Nase im Gesicht des Girolamo Savonarola gesehen, gemalt zu Florenz von Fra Bartolomeo. Helgas Nase hatte nach der Hinrichtung Savonarolas den Weg über die Alpen und in des Kaisers Maximilian Gesicht genommen, denn hier war sie sicher vor Verfolgung. Anschließend verliert sich ihre Spur über die Jahrhunderte, bis sie auf einer alten Fotografie Geronimos, des Häuptlings der Chiricahua-Apachen wieder auftaucht, des letzten Rebellen gegen die Herrschaft des weißen Mannes im Apachenland.

Helgas Nase zu tragen war nicht nur eine Ehre, es bedeutete angesichts der großen Träger ihrer Nase in der Geschichte auch eine große Bürde. Derjenige, in dessen Gesicht sie sich niederließ, würde das Leben eines bedeutenden Mannes leben. Helga war wahrscheinlich die erste Frau, der sich ihre Nase anvertraute. Helga war, was man eine spröde Schönheit nennen konnte. Ihre Nase verschaffte ihr überall Respekt, noch vor hundert Jahren wäre sie sogleich als von blaublütiger Geburt erkannt worden. Nur leider waren die großen Zeiten der Hakennase vergangen, die Nase einer Frau hatte sich heutzutage unauffällig in die Gesichtsmitte einzufügen.

Jetzt fielen mir Helgas mondsichelgewölbte Augenbrauen auf, die über mandelförmigen blauen Augen thronten. Sie trug das Gesicht aus einer anderen Zeit, schlug sich nur irrtümlich mit Human-Resources-Modellen und stochastischer Bedarfsermittlung herum, ein Makel, der ausschließlich auf eine Laune der Zeit zurückging, für den sie nichts konnte, denn eigentlich war sie ein Renaissancemensch, deutlicher konnte ihre Nase es nicht zeigen. Sie selbst wusste wahrscheinlich nichts von ihrer Herkunft, sonst würde sie ihre Zeit nicht mit Betriebswirtschaftslehre verplempern. Sie würde sich den Lustbarkeiten des Hoflebens widmen, für die Verwaltung ihrer Ländereien hätte sie einen des Rechnens kundigen Verwalter.

Doch aus irgendeinem Grund war sie als Helga aus ihrer Zeit und in die langweiligste Vorlesung der ganzen Universität gefallen. Nun, da mir beim Anblick ihrer Nase all dies klar geworden war, hatte ich es nicht mehr eilig, von ihr wegzukommen. Ich schlenderte an ihrer Seite durch die Straßen, wir plauderten über belanglose Dinge, doch das störte mich nicht, denn ich wusste ja, dass ich an der Seite einer Frau aus einer anderen Zeit ging. Zwar verriet ihre Rede nichts vom Leben in alter Zeit, mir genügte aber zu wissen, dass es so war.

Später saßen wir in einem Kaffeehaus und obgleich wir über nichts Besonderes sprachen, erschien mir nun, da ich um die bedeutende Herkunft von Helgas Nase wusste, jede ihrer Gesten, jede Bewegung ihres Kopfes, ihr etwas raues, männliches Lachen, das auf große Kraftreserven schließen ließ, von Bedeutung.

Irgendwann sah sie auf die Uhr, sagte, sie habe noch einen wichtigen Termin, und wir trennten uns, nachdem wir unsere Telfonnummern ausgetauscht hatten. Wir würden uns außerdem bei der nächsten Vorlesung »Einführung in die Betriebswirtschaftslehre« sehen, sagte Helga. Ich hatte eigentlich nicht vorgehabt, dort noch einmal hinzugehen. Doch wie es aussah, blieb mir nun nichts anderes übrig.

Am nächsten Tag wandelte ich durchs Kunstmuseum, um die Ähnlichkeit von Helgas Nase mit der des Maximilian einerseits, des Girolamo Savonarola andererseits bestätigt zu sehen. War es ein Zufall, dass Helgas Nase nicht der irgendeines stupsnäsigen Hoffräuleins glich, sondern der eines gewaltigen Herrschers und eines gefürchteten Predigers und Umstürzlers? Helgas Nase hatte sich über Jahrhunderte im Dschungel unüberschaubarer Reproduktionsprozesse hier und jetzt in die Wirklichkeit gespielt. Wahrscheinlich wusste sie, die Trägerin dieser nicht nur kunstgeschichtlich bedeutenden Nase, nichts von deren Herkunft und Geschichte.

Es war vorerst besser, Helga im Dunkeln tappen zu lassen, ehe nicht ihre charakterliche Festigkeit eindeutig erwiesen war. Wie leicht könnte einem schwachen Menschen die Offenbarung einer derartigen Verwandtschaft – und sei es nur auf dem Gebiet der Physiognomik – zu Kopfe steigen. Die Tatsache allerdings, dass Helga über eine solche Nase verfügte, machte den Verdacht, es könne sich bei ihr um einen schwachen Menschen handeln, obsolet.

7

In den Tagen darauf streifte ich wie ein Jäger durch die Stadt. Ich schoss scharf mit Blicken. Die Stadt war ein Spielplatz für Blicke. Ich schoss und ich genoss es, wenn eine Schöne zurückschoss. Mehr wusste ich nicht. Ich schlug Purzelbäume, ich war Schausteller meiner selbst und meiner unreifen Künste. Ich saß an Tischen und führte eine große Klappe. Ich sah aus rätselhafter Tiefe in die Augen einer Schönen, die ich zwang, innezuhalten und sich zu fragen, wer dieser geheimnisumwölkte Typ sei. Es war leicht, ich war geboren, ich spürte etwas, das wohl ich war.

Ich wusste nichts, gar nichts. Ich wusste nicht, was eine Frau ist. Ich saß mit Frauen an Tischen, ich lag bei Frauen, ich glaubte zu verstehen, was genau, das war mir selbst nicht klar. Ich war endlich ein Mann, so viel glaubte ich zu wissen. Und spürte es auch, manchmal mehr, manchmal weniger.

Ich wollte leichtfüßig sein, war aber noch immer der Clown, der von seiner Schwermut nicht lassen kann. Manchmal, wenn in einem Augenblick der Stille alles von mir abfiel, war mir, als bewegte ich mich auf Schienen, doch wohin, das wusste ich nicht. Es ging alles so schnell, eben war ich noch mit verkrampftem Magen am Tisch meines Vaters gesessen, nun wehte mir der Duft der weiten Welt um die Ohren. Zumindest der Kanalgeruch, wenn das

Wetter sich nicht entscheiden konnte, wie es weitergehen sollte.

Heute kann ich es ja zugeben: Ich streifte als Zeitbombe durch die Gegend, ich war keine Gefahr für andere, nur für mich selbst. Ich hatte keine Ahnung, was da in mir tickte, doch ich spürte eine seltsam fremde Gegenwart in mir. Wie nennt man das? Jugend? Übermut? Jedenfalls übersetzte ich das Ticken in Energie, ich hatschte viele Kilometer quer durch die Stadt, trank da und dort ein Glas, zog ziellos weiter. Ziellos stimmt nicht ganz, etwas in mir wusste schon, wohin es wollte, aber ich versuchte dieses Etwas nicht zu Wort kommen zu lassen.

Stattdessen steuerte ich auf das Tanzstudio zu. Ich wartete seit einer Stunde, als Vilma mit erhitztem Gesicht in Begleitung eines sehr schönen kaffeebraunen Mannes mit Rastalocken auf die Straße trat. Ich begrüßte sie, Vilmas Augen verkleinerten sich wie die einer Katze im Sprung, sie fragte mit ausschwingender Stimme, so als spräche sie auf dem Theater: What do you want?

Kleinlaut antwortete ich: Nothing, I just wanted to see how you are.

I am fine, sagte sie triumphierend, nahm den Arm ihres Halbgottes und wippte an seiner Seite davon, wobei sie sich nach ein paar Schritten umwandte und mir ein Augenzwinkern zuwarf, wie ich es einmal in einem Zeichentrickfilm gesehen hatte.

Ich ging wie an einer Schnur in die Gegenrichtung. Wie ich nach Hause kam, weiß ich nicht mehr. Es war beruhigend, dass Konrad wie immer in Unterhose rauchend auf dem Sofa lag.

Am nächsten Morgen gurrten die Tauben vor meinem Hinterhoffenster schon seit Stunden. Das allein war kein Grund, aufzustehen. Es gab eigentlich überhaupt keinen Grund, aufzustehen. Wie es kam, dass ich dennoch gegen Mittag mit Konrad bei einer Tasse Kaffee in der Küche saß, habe ich vergessen.

Ich: Vilma hat mich gestern abblitzen lassen.

Konrad: Das heißt bei Frauen gar nichts.

Ich: Sie hatte einen Typen aus der Bacardi-Werbung dabei.

Konrad: Dem geht auch irgendwann die Luft aus.

Ich: Meinst du, ich soll dranbleiben?

Konrad: Ist sie es wert?

Ich: Keine Ahnung.

Konrad: Bleib dran, aber nicht mehr, als unbedingt sein muss.

Ich: Hm.

Konrad: Scheint ein Raubtier zu sein.

Ich: Hm.

Konrad: Die ist eine Nummer zu groß für dich.

Ich: Ich bin nicht verliebt.

Konrad: Das will ich dir auch nicht wünschen. Gnade dir Gott bei einem Raubtier.

Ich: Du hast recht, ich halte mich fern.

Da läutete das Telefon. Konrad hob ab. Hallo? Er reichte mir den Hörer und sagte: Das Raubtier.

Eine Stunde später lag ich mit Vilma im Bett.

Ich: What about the handsome Rastafari?

Vilma: I told you that I'm free like a bird!

Ich: And if I was a bird too?

Vilma lachte mich aus mit einem Lachen, wie es einem Raubtier anstünde, wenn Tiere lachen könnten.

Als ich mich anzog, spürte ich ein Brennen an meiner Schulter. Das Raubtier hatte mich gebissen. Schutzbedürftig ging ich auf die Straße, ratlos. Zerknittert und hohl kam ich zur Vorlesung »Einführung in die Betriebswirtschaftslehre«. Helga reichte mir Papier und Bleistift, wobei sie mich ansah, als wüsste sie schon alles.

Diesmal trug der Professor eine grüne Krawatte zum senfgelben Sakko. Vielleicht war seine Frau verreist, und er traute sich einmal etwas.

Die Vorlesung floss an mir ab wie Wasser von einem Stein. Ich verstand nicht nur nichts von dem, was der Professor sagte, ich war auch zu müde für einen Tagtraum. Irgendwann durchzuckte mich ein Blitz, ich fragte mich, was aus mir werden sollte, denn hier unter den zukünftigen Betriebswirten war ich fehl am Platz. Bis vor Kurzem hatte ich mich in meiner neuen Heimat wie ein Fisch im Wasser gefühlt. Jetzt war mir, als sänke ich wie ein Stein.

Irgendwann klappten ringsum die Sessel hoch, ich war zurück im Hörsaal. Helga sah mich besorgt an: Alles in Ordnung, fragte sie.

Alles bestens, sagte ich, wobei mir war, als hänge mein Mund schräg herunter. Ich nickte kläglich.

Helga zog eine Augenbraue hoch. Gehen wir, fragte sie ruhig und kraftvoll.

Ja, antwortete ich dankbar.

Sie führte mich wie einen Alten ins nächstgelegene Café. Ich war ihr dankbar, dass sie keine Fragen stellte.

Ich weiß nicht mehr, ob und was wir redeten. Ich erinnere mich an ihre Maximilian-Savonarola-Nase im Nebel des Tages. Und ich erinnere mich, dass sie mit zu mir kam, dass wir wie in Zeitlupe durch die verdreckte Küche mit den aufgestapelten Tellern mit Essensresten gingen, dass Konrad in Unterhosen auf dem Sofa lag und Helga verdattert grüßte. Ich erinnere mich, dass sie sich in meinem Zimmer umsah, als wäre nichts, und sich dann mit abgewandtem Gesicht auszog. Sie bedeckte ihre Brüste mit ihren Händen, trat vor mich, nahm meine Hände und legte sie auf ihre Brüste. Ich landete auf der Erde.

Am nächsten Morgen weckte uns der Geruch der Zigarette, die Konrad vor meiner Zimmertür rauchte. Helga ging ins Bad, kam aber mit versteinertem Gesicht gleich wieder zurück. Wir frühstückten in einem Café um die Ecke. Das Morgenlicht formte ihre Nase zu einer erhabenen Skulptur.

Von nun an werde ich Helga meine Frau nennen, man wird gleich sehen, warum.

Meine Frau betrat unsere Wohnung aus verständlichen Gründen nie wieder.

Am folgenden Abend nahm sie mich mit in ihre Wohnung. Ich kam mir vor wie ein Landstreicher in einem Porzellanladen. Jedes Möbelstück war etwas Besonderes, selbst ich konnte sehen, dass das alles Geld gekostet hatte. In meinen Secondhandklamotten kam ich mir deplatziert vor.

Als ich am nächsten Morgen die Augen aufschlug, begrüßte mich ihr Teddybär.

Das Frühstück stand auf dem Tisch, das Porzellan stammte nicht von Ikea, die Kaffeemaschine sah aus wie aus »Schöner Wohnen«. Ich bekam sogar eine Serviette. Ich brauchte eine Zeit, bis ich warmlief, die Wohnung schüchterte mich ein.

Ich schlief nun regelmäßig bei ihr. Manchmal gab sie mir frei. Bei mir zu Hause sah ich nur noch den Dreck. Es gab Streit mit Konrad, der meinte, ich wäre unter der Fuchtel meiner Zicke und gar nicht mehr cool. Er drehte seine Red Hot Chili Peppers so laut, dass es mich aus der Wohnung blies. Ich strich durch die Stadt. Die ersten Herbststürme trieben mich ins Café. Ich schaute auf der Universität vorbei, aber ich wusste nicht, was ich da sollte. Also strich ich wieder durch die Stadt.

Mein Vater fragte in einem Brief nach meinen Studienerfolgen. Er freue sich schon auf mein Semesterzeugnis.

Es war eine Frage der Zeit, bis ich auf der Straße sitzen würde.

Meine Frau sah mir an, dass etwas nicht stimmte. Ich wich aus, aber sie durchschaute mich. Schließlich schilderte ich ihr meine Lage.

Sie sagte, sie würde sich freuen, wenn ich solange bei ihr einzöge, bis ich mir was Eigenes leisten könne.

Mir war nicht recht wohl, als ich mit meinen paar Habseligkeiten bei ihr in der Wohnung stand. Sie zwitscherte vergnügt und tat, als wäre alles in bester Ordnung.

Meine Frau absolvierte ihr Studium mit der Präzision einer Maschine. Ich fühlte mich schlecht, als ich weiterhin durch die Stadt trieb. Wie schaffte sie es nur, ihrem Leben ein Ziel zu geben? Die Leute auf der Straße, die, je näher der Winter rückte, umso atemloser mit ihren Handys dahinhetzten, schienen alle ein Ziel zu haben. Oder rannten sie im Kreis und führten ihre Gespräche nur, um sich selbst davon zu überzeugen, dass dies alles einen Sinn hatte?

Nach und nach ließ ich auf die wiederholten Fragen meiner Frau durchsickern, dass mein Vater ein vermögender Mann war und ich nichts anderes – es war nicht schwer zu erraten – als ein missratener Spross ohne Rückgrat und Ziel. Ich erzählte meiner Frau vom letzten Gespräch zwischen meinem Vater und mir, in dem er mir klargemacht hatte, dass ich die Firma übernehmen würde.

Von da an sah mich meine Frau mit anderen Augen an.

Ich weiß nicht mehr genau, wann sie mich zum ersten Mal fragte, ob ich sie heirate. Ich glaubte zunächst an einen Hörfehler, jeder sagt irgendwann etwas, ohne nachzudenken. Doch wie sie mich danach ansah, beunruhigte mich. Ich ließ mir nichts anmerken, und auch sie spielte Pokerface.

(Natürlich wusste ich, sie würde die Partie gewinnen.)

Ich respektierte ihren Wissensvorsprung in allen Disziplinen. Ich glaubte mich sicher, es war ja nur ein Spiel. Ich wusste nicht, dass eine Frau niemals spielt. Und selbst wenn sie spielt, dann zu einem ernsten Zweck.

Alle Welt möchte jung sein, um das Leben voll auszukosten, am besten für immer. Dabei vergisst derjenige, der sich nach Jugend sehnt, wie schmerzhaft es war, orientierungslos und mit unbestimmt flauem Gefühl durchs Leben zu stolpern. Ja, das ist es, was man Jugend nennt. Das sage ich jetzt mit leicht nasalem Tonfall, oberschlau und lebenssatt wie nur irgendwer. Dabei ist dieser Gedanke natürlich nicht auf meinem Mist gewachsen, ich habe ihn wohl auf irgendeinem Kalenderblatt gelesen und ihn mir gemerkt für die Gelegenheit, da ich jemanden würde beeindrucken wollen.

Vorerst aber trieb ich mich bei den Philosophen herum. Schließlich hatten die Philosophen von Anfang an verstanden, dass das Leben ein Disaster war und der Mensch in der Klemme saß.

Ich schlich durch den Flur des Instituts für Philosophie, immer gewahr, dass jederzeit die Eule erscheinen und mich mit ihrem hypnotischen Blick in ihre Vorlesung locken konnte. Ich wollte Eules Vorlesung aber vorerst, also auf unbestimmte Zeit meiden, ehe ich mein Denkwerkzeug nicht halbwegs verbessert hatte. Wie ich das anstellen wollte, wusste ich selbst nicht.

Die Tür zu einem Seminarraum stand offen, ich hörte leises Gemurmel, trat näher und wagte einen Blick.

Am Ende einer langen Reihe von Bänken saßen eine Handvoll Studenten, am Kopfende saß Professor Waschbär, der, als er mich sah, winkte und mir Zeichen gab, die Tür hinter mir zu schließen. Ich sah mich um, es war außer mir keiner da. Zur Sicherheit zeigte ich fragend auf mich, der Waschbär nickte eifrig, ich trat also ein und schloss hinter mir die Tür.

Ich ging mit weichen Knien, den Blick gesenkt, ans hintere Ende des Raumes und setzte mich. Wollen Sie sich nicht zu uns nach vorn setzen, werter Kollege, fragte der Waschbär. Ich erschrak, erhob mich und trat unter den Blicken der versammelten Mannschaft den Gang nach vorn an. Ich setzte mich neben einen Studenten am Ende der Reihe, nickte mit gesenktem Blick und versuchte unsichtbar zu sein. Vorsichtig hob ich den Blick. Der Waschbär sah mit leuchtenden Knopfaugen in die Runde.

Wir sind, begann der Waschbär, auf unserem labyrinthischen Weg hin zum aufsteigenden, zu sich selbst kommenden Geist beim letzten Mal also vorgedrungen zum Abschnitt »Kraft und Verstand, Erscheinung und übersinnliche Welt« in der Phänomenologie des Geistes. Bitte, lesen Sie weiter, werter Kollege.

Ich wagte nicht, meinen Blick zu heben. Am besten, ich tat so, als wäre ich nicht da. Tatsächlich begann der Student an meiner Seite vorzulesen:

In dieser tautologischen Bewegung beharrt, wie sich ergibt, der Verstand bei der ruhigen Einheit seines Gegenstandes, und die Bewegung faellt nur in ihn selbst, nicht in den Gegenstand; sie ist ein Erklaeren, das nicht nur nichts erklaert, sondern so klar ist, dass es, indem es Anstalten macht, etwas Unterschiedenes von dem schon Gesagten zu sagen, vielmehr nichts sagt, sondern nur dasselbe wiederholt. An der Sache selbst entsteht durch diese Bewegung nichts Neues, sondern sie kommt als Bewegung des Verstandes in Betracht. In ihr aber erkennen wir nun eben dasjenige, was an dem Gesetze vermisst wurde, naemlich den absoluten Wechsel selbst, denn diese *Bewegung,* wenn wir sie naeher betrachten, ist unmittelbar das Gegenteil ihrer selbst. Sie setzt naemlich *einen Unterschied,* welcher nicht nur fuer uns *kein Unterschied* ist, sondern welchen sie selbst als Unterschied aufhebt. Es ist dies derselbe Wechsel, der sich als das Spiel der Kraefte darstellte; es war in ihm der Unterschied des Sollizitierenden und Sollizitierten, der sich aeussernden und der in sich zurueckgedraengten Kraft; aber es waren Unterschiede, die in Wahrheit keine waren, und sich darum auch unmittelbar wieder aufhoben. Es ist nicht nur die blosse Einheit vorhanden, so dass *kein Unterschied gesetzt* waere, sondern es ist diese **Bewegung**, dass *allerdings ein Unterschied gemacht, aber,* weil er keiner ist, *wieder aufgehoben wird.* Mit dem Erklaeren also ist der Wandel und Wechsel, der vorhin ausser dem Innern nur an der Erscheinung war, in das Uebersinnliche selbst eingedrungen; unser Bewusstsein ist aber aus dem Innern als Gegenstande auf die andere Seite in den *Verstand* heruebergegangen, und hat in ihm den Wechsel. (46)

Stille, keiner bewegte sich. Ich selbst war mit jedem Satz tiefer in meinen Sessel, am Ende auch in die Erde eingesunken, die ich deutlich als unter dem Fundament dieses Instituts liegend wahrnahm. Mag sein, dass ich im Himmel der Philosophie angekommen war, ich nahm aber nur das Erdreich wahr, in das ich mich gerne verkrochen hätte, um nicht dem Blick des Waschbären begegnen zu müssen. Der Student hatte den Text so selbstverständlich vorgelesen und an den richtigen Stellen betont, dass er zweifelsohne jedes Wort verstanden hatte, ebenso wie alle anderen im Raum, die keinen Mucks von sich gaben.

Ich allein saß als Ausgeburt der Dummheit und Hohlheit auf meinem Sessel, mit dem ich immer tiefer ins Erdreich sank, schnurstracks der unaufhebbarsten Dummheit und ewigwährender Ignoranz entgegen. So war es recht. Wie hatte ich mich nur erdreisten können, in die geweihten Hallen des Denkens einzudringen. Immerhin hatte ich verstanden, dass es in diesem Text hieß, es handle sich um ein Erklären, das nicht nur nichts erklärt, sondern so klar ist, dass es auch nichts zu erklären gibt.

Als ich dem, was danach kam, zu folgen versuchte, spürte ich, wie in meinem Gehirn zwei Drähte übereinandergerieten und eine kleine lokale Hitze entstand. Um keinen Kabelbrand auszulösen, schaltete ich an dieser Stelle ab und ließ das, was, wie es im Text hieß, auf die andere Seite in den Verstand herübergegangen war – nur eben nicht in den meinen –, dort, wo es war. Über jedem einzelnen der Studentenköpfe glaubte ich nun, als ich vorsichtig meinen Blick aus der Deckung hob, ein flirrendes Rot wie von einer Überhitzung wahrzunehmen, ich täuschte mich aber wohl, das Flirren rührte bloß von meinem eigenen, um Haaresbreite abgewendeten Kabelbrand her.

Bitte lesen Sie, werte Kollegin, weiter, sagte der Waschbär.

In der gegenüberliegenden Bankreihe las nun die Studentin mit der Rauhaardackelfrisur, die ich bei Eules Vorlesung gesehen hatte, weiter im Text:

Dieser Wechsel ist so noch nicht ein Wechsel der Sache selbst, sondern stellt sich vielmehr eben dadurch als *reiner Wechsel* dar, dass der *Inhalt* der Momente des Wechsels derselbe bleibt. Indem aber der *Begriff* als Begriff des Verstandes dasselbe ist, was das *Innre* der Dinge, so wird *dieser Wechsel als Gesetz des Innern* fuer ihn. Er *erfaehrt* also, dass es *Gesetz der Erscheinung selbst* ist, dass Unterschiede werden, die keine Unterschiede sind; oder dass das *Gleichnamige* sich von sich selbst *abstoesst;* und ebenso, dass die Unterschiede nur solche sind, die in Wahrheit keine sind, und sich aufheben;

oder dass das *Ungleichnamige* sich *anzieht.* Ein *zweites Gesetz,* dessen Inhalt demjenigen, was vorher Gesetz genannt wurde, naemlich dem sich bestaendigen gleichbleibenden Unterschiede entgegengesetzt ist; denn dies neue drueckt vielmehr das *Ungleichwerden des Gleichen,* und das *Gleichwerden des Ungleichen* aus. Der Begriff mutet der Gedankenlosigkeit zu, beide Gesetze zusammenzubringen, und ihrer Entgegensetzung bewusst zu werden. (46)

Sie las die kursiv gesetzten Wörter mit solcher Eindringlichkeit und innerer Überzeugung, dass jedem, der ihr zuhörte, klar sein musste, dass sie, was sie vorlas, nicht nur verstand, sondern es geradezu ihren Zuhörern als Botschaft ins Stammbuch ihres Gehirns schrieb. Für mich war die Lesung der Frau mit den Rauhaardackelhaaren, da ich nicht versuchte, auch nur ein Wort davon zu verstehen, schön. Vielleicht nicht so schön wie die Blätter der Silberpappel an einem langsam im Mittagslicht fließenden Kanal, wenn der Wind auffrischt und sie wie von einer Verwandlung mit einem Mal ihre Silberseite zeigen. Nein, so schön konnte wohl in diesem kahlen Gebäude nichts sein. Aber doch schön wie vielleicht eine Abfolge von Farbmustern, die in ihrem Rhythmus etwas wie einen inneren Fluss bilden, dem das Auge mit zunehmendem Wohlgefallen folgt.

In diesem Sinne war die Kaskade der Wörter, die ich samt und sonders nicht verstand, schön. Ob der Sinn des Studiums der erlauchten philosophischen Bücher darin lag, die Schönheit des unterirdischen, unsichtbaren Flusses einer zweiten Welt zu erforschen? Ich hatte nach dem, was ich von der Philosophie gehört hatte, gedacht, es ginge ihr und den bärtigen alten Männern, die über den philosophischen Problemen dieser Welt ihre letzten weißen Harre verloren, um Erörterung der allerletzten Fragen der Menschheit wie: Warum gibt es die Erde überhaupt? Können wir sicher sein, dass es die Erde überhaupt gibt? Und wenn ja, können wir dem vertrauen, der behauptet, es gebe die Erde und uns dazu?

Sicherlich würden Eule und Waschbär sich der öffentlichen Erörterung und endgültigen Klärung dieser und anderer allerletzter Fragen noch im Laufe des Semesters widmen, es lag allein an mir, zum richtigen Zeitpunkt zugegen und bereit für die letztgültige Botschaft zu sein. Bis dahin waren die Farbmuster und Wortwasserfälle der Rauhaardackel-Lesung eine Wegzehrung.

Waschbär und Rauhaardackel erörterten im Duett das eben Gelesene. Ich muss zugeben, dass ihre Erörterungen an mir vorübergingen, da ich überzeugt davon war, dass ich bis zur Abhandlung der eigentlichen philosophischen Kernfragen – wie oben angeführt – noch einige Zeit hätte und erst zuzuhören brauchte, wenn deren Stunde gekommen war.

Der Rest des Seminars floss an mir vorüber wie ein Fluss aus Wörtern, unabhängig von mir, ich in Deckung und glücklicherweise unbeachtet, da jeder sehen konnte, dass ich weder Buch noch Papier vor mir liegen hatte. Mein Nachbar legte das Buch liebenswerterweise zwischen uns, sodass ich hätte mitlesen können. Doch welchen Sinn hätte es gehabt, den Fluss der fließenden Wörter zu stören, indem ich versuchte, einzelne von ihnen aufzuhalten und in meinem Kopf zu verankern?

Der wahre Genuss an der Philosophie, so viel glaubte ich zu begreifen, lag darin, den Fluss nicht zu stören, sondern sich im rechten Augenblick von ihm mitreißen zu lassen. Zu wissen, wann genau der rechte Augenblick dafür gekommen war, dafür fehlte mir noch das notwendige Denkwerkzeug. Vorerst würde ich es meiner Intuition überlassen, diesen Augenblick unter den tausenden herauszuspüren, die der allergrößten Aufmerksamkeit nicht würdig waren.

Als der Waschbär nach ein paar letzten schwergewichtigen Wörtern sein Buch schloss, hob ich meinen Blick und sah über den Köpfen der Studenten noch immer ein Flirren wie von unsichtbaren Geistesmücken. Die Studenten klopften nun anerkennend mit ihren Fingerknöcheln auf die Tische, während der Waschbär mit einem leichten Nicken in die Runde sah. Sein Blick blieb für einen Moment an mir haften, doch glücklicherweise war jede Gelegenheit meinerseits verstrichen, den entscheidenden Kommentar zum Kapitel »Kraft und Verstand, Erscheinung und übersinnliche Welt« abzugeben.

Ich hielt dem Blick des Waschbären stand, dankte meinem Banknachbarn und verabschiedete mich mit einem Nicken in die Runde. So schlich ich mich rasch aus dem Seminarraum, damit niemand mich auf »Kraft und Verstand, Erscheinung und übersinnliche Welt« ansprechen konnte.

Erst als ich das Institutsgebäude verließ (und mich überzeugte, dass ich in der letzten Stunde nicht im Keller gesessen hatte), spürte ich das Gewicht meines Kopfes, der innerhalb kurzer Zeit zu einem schweren Bienenkorb geworden war, in dem die unbegreiflichen Lehrsätze hin und her flogen, wie es ihnen beliebte. Dabei war ich mir während der Lesung aus »Kraft und Verstand, Erscheinung und übersinnliche Welt« sicher gewesen, dass vom Fluss der unbegreiflichen Sätze kein Wort würde hängen bleiben, zur Sicherheit, denn wer konnte wissen, welche Art von Gefahr mit der Verankerung einzelner unbegreifbarer Wörter und Begriffe für einen ungeschulten Kopf ohne Denkwerkzeug einherging?

Ich ging oder schwankte vielmehr auf dem Gehsteig meiner völlig unklaren Bestimmung entgegen – gewiss war nur, dass ich weder zum Betriebswirt noch zum Philosophen taugte –, als ich auf der gegenüberliegenden Straßenseite Vilma Arm in Arm mit einem Typen aus »Spiel mir das Lied vom Tod« dahinschreiten sah. Sie warf mir einen flackernden, hochmütigen Blick zu, mit dem sie mich auf den unbedeutenden Platz verwies, der mir im Spiel der Welt zukam, wenn denn für mich überhaupt ein Platz infrage kam.

Ich rief Helga an, die mich in ihrer Wohnung erwartete.

8

Das Zusammenleben bietet am wenigsten Probleme, wenn man im Geiste anderswo lebt.

Über meine restlichen Studienjahre gibt es nicht viel zu sagen. Mein Leben verlief in geregelten Bahnen. Ich verdankte Helga, dass ich nicht länger wie ein Blatt im Wind durch die Straßen trieb. Nun trieb ich als Mann mit frisch geputzten Schuhen – darauf legte Helga großen Wert – und mit gebügeltem Hemd durch die Stadt. Ich hatte an der Blume des Abenteuers gerochen, doch ich hatte gelernt, dass meine Nase nicht robust genug war für jede Art von Blume.

Helga und ich lebten in ihrer Schmuckkastenwohnung von Anfang an wie ein altes Paar, das über die Gepflogenheiten des anderen längst Bescheid weiß. Manchmal sah sie mich an, als wäre ich ein kleines Kind, für dessen Unsinn eine großzügige Mutter ein Lächeln übrig hat samt dem Gedanken: Eines Tages wird auch er es noch lernen!

In der Tat schäme ich mich ein wenig für meine wenig elaborierte Existenz, die ich damals darstellte, sodass ich einige Jahre ausspare. Wie jedermann sich denken kann, ging es bei mir in Bummelgeschwindigkeit bzw. gar nicht weiter. Ich besuchte, je tiefer ich mich in die Seminare des Waschbären verhedderte, desto weniger die Vorlesungen zur Betriebswirtschaftslehre, wo ich weiterhin als eines von vielen U-Booten inskribiert blieb, um meinem Vater einen Gefallen zu tun. Einmal, als ich mich stark genug gerüstet fühlte, besuchte ich eine Vorlesung der Eule zur Philosophie der Neuzeit. Ich kam den Tränen nahe aus dem Hörsaal, wieder einmal vernichtet und mit dem Wissen, dass ich bei null stand und dass das auch immer so bleiben würde.

Helga hingegen eilte von Triumph zu Triumph. Ihre Zeit verflog im Nu, während meine längst in einem Erdloch unterhalb des Instituts für Philosophie verschwunden war, das ich besser nie betreten hätte.

Im Flug feierte ich mit Helga und ihren Eltern ihren Studienabschluss. Auf die vorsichtige Frage ihrer Mutter nach meinem Studienverlauf log ich, was das Zeug hielt.

Helga hatte schon vor der Abschlussfeier die Zusage eines weltweit agierenden Konzerns mit Niederlassung hier in der Stadt. Ein paar Tage nach der Feier lud der Leiter der Abteilung für Human Resources sie in ein Restaurant ein, in dem Normalsterbliche Monate auf einen Tisch warten müssen.

Ich wartete – Hand aufs Herz – neidlos zu Hause auf sie. Als sie spät ein wenig angetrunken nach Hause kam, roch sie nach Herrenparfum. Ihr Blick ging ein wenig über Kreuz, so wie auch ihr Gang. Ich wusste, jetzt war der Augenblick gekommen, ihr zu zeigen, wer hier der Herr und Meister war. Als ich ihr im Badezimmer mit Fingerspitzengefühl von hinten den Rock hochschob, schlug sie aus nach Art der Esel, wie ich es in einem alten spanischen Film gesehen hatte.

Vermutlich wiegt das Ungleichgewicht in Sachen Karriere weniger schwer, wenn Erfolg und Prestige aufseiten des

Mannes zu verzeichnen sind, die Frau aber beruflich und in Sachen Bildung unter ihm steht. Umgekehrt aber belastet eine Asymmetrie in Beruf und Bildung zugunsten der Frau eine Lebensgemeinschaft erheblich, wie es in unseren Tagen schon die Spatzen von den Dächern pfeifen.

Aber was sollte ich tun? Zum Betriebswirt würde ich es nie im Leben bringen, und selbst wenn, dann wäre ich der schlechteste Betriebswirt der Welt. Helga, die anfangs noch zu Unrecht verborgene Talente in mir vermutet hatte, gab mittlerweile dem Institut für Philosophie, namentlich den Professoren Eule und Waschbär die Schuld am Scheitern meiner Karriere. Ich wusste es besser.

Tatsächlich hatte ich einen großen Teil meiner frühen Lebenskraft zwei Exegeten unlesbarer Bücher zur Verfügung gestellt. Abgesehen von ihrer zoologischen Herkunft waren weder Professor Eule noch Professor Waschbär im Mindesten geeignet, jungen Leuten in irgendeiner Weise sicheren Boden im Reich der bodenlosen philosophischen Systeme zu bieten.

Nach mehreren Jahren hanebüchenen Philosophierens – wobei ich zu den Kernfragen der Philosophie noch immer nicht vorgedrungen war – musste ich einsehen, dass sowohl Professor Eule als auch Professor Waschbär mir meine Jahre der schönsten Freiheit verdorben und mich mit ihren unverständlichen Kommentaren zu unlesbaren Büchern gleichsam in alte Kartoffelsäcke gekleidet hatten, wo ich vielmehr als strahlende Hoffnung der Jugend in die Hallen der Weisheit hätte einziehen müssen.

Es war wohl nur eine Frage der Zeit, bis Helga meiner als Inkarnation der Erfolglosigkeit und des sinnlosen Daseins überdrüssig würde. Sie blühte in ihrer Arbeit auf, berichtete von ausdrücklichen Belobigungen sowohl durch ihren direkten Vorgesetzten als auch insbesondere durch den Leiter der Abteilung für Human Resources, mit dem sie sich in regelmäßigen Abständen traf, soweit ich aus dem Geruch jenes Herrenparfums schließen konnte.

Einmal roch sie so stark danach, verbunden mit Gerüchen intimer Provenienz, dass ich drauf und dran war, ihr eine Szene zu machen. Doch was hätte das gefruchtet? Ich hatte kein Anrecht auf sie, nicht einmal auf ihre Treue, da ich an ihrem hübschen Tisch aus ihren gepflegten Tellern aß und nichts zu bieten hatte als übermenschliche Geduld und Sanftheit, Qualitäten, die, wenn man der Überlieferung trauen darf, nicht zu den größten Stärken der großen Philosophen gehörten.

In dieser Hinsicht war ich auf der sicheren Seite, da ich in meinem ganzen Leben nie ein großer Philosoph, nicht einmal ein kleiner werden würde, da ich weder in Professor Waschbärs Seminaren noch in Professor Eules Vorlesungen je zu den Kernfragen des Menschseins vorgedrungen bin respektive den Augenblick, da diese beiden begnadeten Zoologen dorthin vordrangen, entweder verträumt oder aber aufgrund meines mangelhaften Denkwerkzeugs nicht verstanden habe.

Ganz gegen meine Natur quälte ich mich frühmorgens aus dem Bett, um für Helga Frühstück zu machen, während sie unter der Dusche war. Schließlich wollte ich mir selbst beweisen, dass ich Helga nicht hängen ließ, jetzt, wo sie in der Realität lebte, während ich auf unbestimmte Zeit im Land der Träumer wohnhaft war.

Ich verabschiedete sie wankend an der Tür, sie sah mich zweifelnd an. Ich verheimlichte ihr, dass ich, kaum war sie aus der Tür, wieder ins Bett ging. Was hätte ich auch sonst tun sollen? Mit den russischen Saatkrähen vor dem Fenster über »Kraft und Verstand, Erscheinung und übersinnliche Welt« diskutieren?

Es war nur eine Frage der Zeit, bis Helga, die schon aufgegeben hatte, mir ins Gewissen zu reden, doch noch Betriebswirt zu werden, wo doch sonnenklar war, dass niemand auf der Welt weniger geeignet für diesen Beruf war als ich, es war also nur eine Frage der Zeit, bis Helga mich vor die Tür ihrer Schmuckkästchenwohnung werfen würde.

Irgendwann musste ich auch meinem Vater die Wahrheit sagen, dass ich nämlich seit Jahr und Tag sein Studiengeld zu nichts weniger als zum Studium der Betriebswirtschaftslehre nutzte. Den Augenblick des großen Geständnisses verschob ich von Woche zu Woche, von Monat zu Monat, so, wie ich meinem Vater meine wahren Lebensumstände verheimlichte. Dass ich bei Helga wohnte, wusste er, auch, dass sie tüchtig war, war bis zu ihm durchgedrungen.

Selbstverständlich hatte ich ihm verschwiegen, dass Helga ihr Studium schon abgeschlossen hatte, während ich mit den Saatkrähen über »Kraft und Verstand, Erscheinung und übersinnliche Welt« diskutierte. Der Tag der Wahrheit würde kommen, noch aber war er nicht da. Ich machte mich darauf gefasst, von meinem Vater enterbt zu werden. Ich schob die Frage, die täglich am Horizont in meinem Kopf erschien, wie, von welchem Geld ich später mein missratenes Leben fristen sollte, beiseite. Berichteten Reisende nicht einhellig von der Fröhlichkeit und Freundlichkeit der Mittellosen in den Ländern der Dritten Welt?

So würde ich eben ein fröhlicher Mittelloser werden, ein Taugenichts der alten Schule, wobei es mit den Taugenichtsen meist einen melancholischen Ausgang nahm. Außerdem war dies nicht die Dritte Welt, das Leben in der Ersten Welt war schnell und teuer, schlechte Bedingungen für den Taugenichts.

Das Leben findet seine eigenen Wege, sage ich jetzt einmal ziemlich weise. Für diesen Satz hätte ich zwar weder in Eules Vorlesungen noch in Waschbärs Seminaren sitzen müssen, ich bin sozusagen überqualifiziert für diesen Satz, aber ich sage ihn jetzt einmal so dahin.

Helga roch immer öfter nach Herrenparfum, mir schien, der Leiter der Abteilung Human Resources wechselte neuerdings sein Parfum, es sei denn, Helga betrog uns beide mit einem anderen.

Seit einiger Zeit reagierte sie mürrisch auf meine bemüht fröhliche Art, die ich frühmorgens an den Tag legte, um ihr den Weg in die Realität zu erleichtern. Ich fragte sie, ob sie weiterhin auf meine morgendlichen Dienste Wert legte, was sie verneinte. So blieb ich also fortan im Bett und ließ sie ihr Frühstück in Ruhe allein einnehmen.

Aber das Leben findet seine eigenen Wege, wie ich noch einmal weise wiederhole. Eines Morgens, Helga war längst aus dem Haus, läutete jemand Sturm. Ich öffnete verschlafen die Tür. Es war ein Telegramm. Mich durchzuckte der Schreck. Ich hatte noch nie ein Telegramm erhalten, und nach allem, was ich von Telegrammen aus alten Kinofilmen wusste, bedeuteten sie nichts Gutes. Ich hatte meinem

Vater gegenüber behauptet, kein Telefon zu besitzen, um ihm den Zugriff auf mich zu erschweren.

Ich riss das Telegramm auf.

VATER LIEGT IM STERBEN. MUTTER

Ich hockte auf dem Fußboden im Flur und las das Telegramm, ohne es zu begreifen. Irgendwann rief ich Helga in der Firma an und sagte ihr, dass ich abreise, heute noch. Sie bot an, mich zum Bahnhof zu begleiten. Ich dankte ihr, lehnte jedoch ab.

Ich packte rasch das Nötigste, verließ die Wohnung und nahm die U-Bahn zum Bahnhof.

Auf dem Weg dorthin schien mir, die Jahre meiner Zeit hier in der Stadt wären ein Fächer, der sich vor meinen Augen öffnete, als käme ich niemals wieder.

9

Ich weiß nicht, ob das, was ich im Zug tat, Nachdenken war. Ich versuchte, an meinen Vater zu denken, an seine Bedeutung in meinem Leben. Wer war mein Vater? Eigentlich wusste ich es nicht, denn die Wand, die er um sich aufgebaut hatte, war unüberwindlich. Ich sah die Wand vor mir und musste an »Kraft und Verstand, Erscheinung und übersinnliche Welt« denken.

Anstatt jedoch diesem Höhepunkt deutschen Philosophierens auf den Grund zu gehen, sah ich Professor Waschbär vor mir über die »Phänomenologie des Geistes« gebeugt, aber nicht als Professor, sondern als echter Waschbär. Der Unterschied war eigentlich nicht besonders groß, die buschigen Augenbrauen waren originalgetreu, ebenso der pfiffige Blick, den Waschbär unvermittelt in die Runde warf, als wollte er etwas damit sagen, was sich jedoch jetzt, da er tatsächlich ein Waschbär war, erübrigte.

Ich fuhr vom Bahnhof direkt ins Krankenhaus, wo Mutter mich empfing, die mir kleiner und gebeugter denn je vorkam. In ihrem Gesicht las ich Angst und Schrecken. Sie führte mich auf die Intensivstation, wo wir in grüne Mäntel schlüpfen und unsere Haare mit einer Plastikhaube, unsere Schuhe mit einem Plastiküberzug bedecken mussten.

Mein Vater lag grau und eingefallen im Bett. In seiner Nase steckte ein Schlauch. Seine Hände lagen auf der Bettdecke, steinalt wie müde Tiere aus der Vorzeit. An beiden Unterarmen liefen Schläuche.

Mein Vater sah wie hinter Milchglas vor sich hin. Als wir an sein Bett traten, hob er müde den Blick. Er sah mich an, da ging ein fernes Blitzen durch seine Augen.

Ich hatte meinen Vater nie als Körper gesehen, hatte nicht gewusst, dass er aus Fleisch und Blut, dass er sterblich ist. Für mich war er eine Wand gewesen, eine durchdringende Stimme, ein Bündel von Befehlen.

Nun sah er mich auf eine Weise an, wie er mich noch nie angesehen hatte. Der mich so ansah, war ein Mensch, in seinem Blick flackerte ganz leise das Feuer der Menschlichkeit.

Mein Vater hob langsam seine Hand, in seinem Blick war ein Bitten. Ich nahm seine Hand und legte sie in die meine. Wann hatte diese Hand aus brüchigem Leder mich zuletzt berührt? Nun, da ich sie hielt, fiel alle Wut von mir ab, mir war, als öffnete sich ein Tor auf ein verborgenes, helleres Land im Innern dieses unendlichen Augenblicks.

Mein Vater sah mich an, als der Monitor über dem Bett Alarm schlug. Eine Krankenschwester rannte herbei, zog eine Spritze auf und befahl uns, draußen zu warten. Mein Vater drückte noch einmal kraftlos meine Hand, und während sich sein Blick nach innen zurückzog, sagte er leise: »Viel Glück mit der Buchhaltung.«

Ich saß wie betäubt in der Kirche. Der Bürgermeister würdigte in seiner Rede die Verdienste meines Vaters um seine Heimatstadt. Der Direktor der Stadtsparkasse bedankte sich bei dem Toten für zwanzig Jahre ehrenamtliches

Wirken im Rechnungsausschuss. Am Grab wurden weitere Reden gehalten. Ich hörte nicht zu, ich starrte nur den Sarg an. Anschließend schüttelten mir viele Menschen die Hand, ich sah nicht in ihre Gesichter.

Es schien, ich war tatsächlich der Sohn meines Vaters. Ich, der Nichtsnutz und Tunichtgut. Mit einem Mal der Sohn.

Ich nahm Mutters Arm, denn sie schien zu schwanken.

Am Tag darauf saß ich bei der Testamentseröffnung neben meinen drei Schwestern und unserer Mutter. Der Notar las Vaters Testament monoton vor. Als er zu der Stelle kam, in der es hieß »mein Sohn ...«, da konnte ich die Tränen nicht zurückhalten. Vater vermachte mir einen Großteil seines Vermögens. Mutter hatte zu unseren Gunsten auf einen Großteil ihres Anteils verzichtet. Der Taugenichts sollte Erbe sein? Ich hatte mit Enterbung gerechnet, schließlich war ich erwiesenermaßen ein Tunichtgut. Der Tunichtgut war plötzlich reich. War Vaters Strenge mir gegenüber nur Schauspiel gewesen und er mir im Grunde seines Herzens zugetan? Ich war sein einziger Sohn, er hatte keine Wahl gehabt, da für ihn die Leitung der Firma in männliche Hand gehörte. Meine Schwestern erhielten eine großzügige Abfindung in Form von Grundstücken, Immobilien und Wertpapieren. Ich sorgte dafür, dass sie keinerlei Ursache hatten, sich benachteiligt zu fühlen.

Möglicherweise hatte mein Vater damit gerechnet, dass ich eines Tages reif würde für die Rolle, seinem Erbe gerecht zu werden. Ich brach diesen Gedanken ab, denn ich spürte augenblicklich sein Gewicht auf meinen Schultern.

Ich war für dergleichen Gewichte nicht geschaffen.

Als ich Mutter an meinem Arm zum Auto führte, fühlte ich zum ersten Mal in meinem Leben, was es hieß, Verantwortung zu tragen. Ich war nun verantwortlich, nicht nur für das Wohlergehen meiner Mutter, auch für das Unternehmen meines Vaters, für die Belegschaft der Firma. Ein kalter Schauder jagte mir über den Rücken.

Ich würde gleich aufwachen und mich vergewissern, dass ich nur träumte. Es musste ein Traum sein, denn ich war der Verantwortung, in der ich nun stand, in keinster Weise gewachsen. Ich wollte weiterhin durch mein Leben wie durch einen Irrgarten tappen, ich war nicht der Mann – Mann? – für Struktur und Ordnung und geregelte Dinge. Die Fußspuren meines Vaters waren zu groß für mich, ich würde mein ganzes Leben lang zu jung sein, um in sie zu treten.

Während der Fahrt sagte meine Mutter, sie werde eine Wohnung kaufen, das Haus gehöre nun mir, sie wolle mir und meiner zukünftigen Familie nicht zur Last fallen, im Übrigen würde das Haus sie nur ständig an meinen Vater erinnern. Und es sei auch zu groß für sie, das Stiegenhaus für das Alter ohnehin ungeeignet. Eine kleine bequeme Wohnung mit Terrasse genüge ihr völlig. Sie werde gleich ein Immobilienbüro mit der Suche beauftragen.

Abends saß ich bei einem Glas Wein und versuchte mir mich als Leiter der Fabrik meines Vaters vorzustellen. Mein Vater hatte ausgerechnet mich als seinen Nachfolger eingesetzt, was mich nachträglich an seinem Verstand zweifeln ließ. Die Tragödie meines Vaters war es gewesen, dass sein Sohn so gar nicht nach seinem Bild gedieh.

Nun, da mein Vater tot war, sah ich manche Dinge

ganz klar vor mir, erschreckend klar. Das Leben vernebelt manchmal den Blick gnädig, so als wüsste es, dass der Träger dieser Augen noch nicht bereit ist für die ganze Wahrheit. Das sah ich jetzt, ohne dafür »Kraft und Verstand, Erscheinung und übersinnliche Welt« zu brauchen.

Ich sah mich selbst als Taugenichts vor mir, völlig unbrauchbar für jede zeitgemäße Rentabilitätsrechnung, jede betriebswirtschaftliche Überlegung. Die Fabrik meines Vaters war für mich eine Metapher für seine stete Unruhe, seine Sorgen, seine Ansicht vom Leben gewesen. Da ich keine Ahnung von der Führung eines Unternehmens hatte, waren die Zerreißproben der modernen Geschäftswelt, denen mein Vater ausgesetzt gewesen war, unbemerkt an mir vorübergegangen.

Mein Vater war weniger stark gewesen, als er selbst, als wir gedacht hatten. Die ständige Sorge um das Unternehmen hatte ihn frühzeitig umgebracht. Dabei hatte jeder ihn als unermüdlichen, robusten Kämpfer und Geschäftsmann erlebt. Von der Portion kämpferischer Energie, die auf jede Familie verteilt wird, war für mich, der ich im Schatten meines Vaters aufwuchs, nichts übrig geblieben.

Nun sollte ich mit einem Mal ins kalte Wasser springen und die Arbeit meines Vaters fortsetzen. Das war ganz unmöglich, ich war in jeder Hinsicht ungeeignet dafür. Meine Mutter sprach mir Mut zu, sie meinte, ich hätte sicher das Zeug dazu, es wäre nur eine Frage der Einarbeitung durch Herrn Humpeler. Herr Humpeler! Er war vielleicht meine Rettung. Er hatte mich von klein auf als Sohn und Sklave meines Vaters bedauert, hatte mir durch viele kleine Zeichen sein Verständnis und seine Sympathie zu verstehen gegeben. Herr Humpeler wüsste, was zu tun war. Er würde mir aus der Patsche helfen. Mit diesem Hoffnungsschimmer vor Augen, leerte ich mein Glas.

Ich werde seltsam müde, wenn ich an das Gespräch mit Herrn Humpeler denke. Wir saßen im ehemaligen Arbeitszimmer meines Vaters, Herrn Humpelers Hände lagen in seinem Schoß, als hätte er sie dort vergessen.

Ich: Ich bin noch nicht recht in die Materie eingearbeitet.

Herr Humpeler: Hm.

Ich: Ich muss mir erst einen Überblick über die aktuelle Situation der Firma machen.

Herr Humpeler: Hm.

Ich: Vielleicht können wir bald gemeinsam die Bücher durchgehen.

Herr Humpeler: Hm.

Ich: Ich danke Ihnen herzlich für Ihre langen treuen Dienste. Ich weiß, ich kann mich auf Sie verlassen.

Herr Humpeler: Hm.

Ich: Ich danke Ihnen, Herr Humpeler.

Herr Humpeler: Hm.

Damit war das Gespräch beendet. Ein Wunder, dass Herr Humpeler und ich nicht im Arbeitszimmer meines Vaters einschliefen. Herr Humpeler war schon immer ein stilles Wasser gewesen. Vater hatte ihm Radiohören untersagt, da für ihn jede Art von Musik nur Gedudel war, wie er sich ausdrückte.

Also hatte Herr Humpeler ein miskroskopisch kleines Radiogerät versteckt, aus dem lautlos Musik drang, die nur Herr Humpeler hören konnte, dem mit den Jahren Fledermausohren gewachsen waren. Die brauchte er auch, besonders die Fähigkeit, entfernteste Schwingungen wahrzunehmen, um das Herannahen meines Vaters rechtzeitig zu spüren und sich in Arbeitspose zu werfen. Dieses Verhalten war ihm zum Habitus geworden, den er jetzt, da die Bedrohung durch meinen Vater vorbei war, ablegen konnte. Aber wie das mit dem Habitus so ist: Legt man ihn ab, verliert man nebenbei sein ganzes mühsam gebasteltes Ich aus den Augen.

Meinetwegen brauchte Herr Humpeler sein Fledermausradio nicht mehr zu verstecken. Es würde wohl eine Zeit dauern, bis Herr Humpeler begriffen hatte, dass die strenge Zeit vorbei war. Mein Vater hatte größten Wert auf Distanz und Respekt gelegt. Bei ihm gab es keinerlei Vertrautheiten mit den Angestellten. Deren persönliche Lebensumstände interessierten ihn nicht, solange sie keinen Einfluss auf ihre Arbeitsleistung hatten.

Herr Humpeler kam tagaus, tagein mit dem Rad zur Arbeit, bei jedem Wetter, außer wenn es stark schneite. Dann kam er mit dem Gogomobil, damals, als ich noch ein Kind war. Der große hagere Mann stieg durch eine Fronttür aus der dreirädrigen fahrbaren Blechschüssel. Mit einem Nachbarsbuben grub ich das Gogomobil mit Schnee zu.

Später sahen wir, wie Herr Humpeler stumm sein Spielzeugauto freischaufelte, die Fronttür öffnete, sich zusammenklappte und einstieg. Herr Humpeler im Gogomobil, das sah aus, als würde er in einem Kinderwagen sitzen. Der Motor heulte kreischend auf, das Gogomobil wippte vor und zurück, nahm Anlauf, die Räder kamen mit letzter Kraft frei.

Wenn ich daran zurückdenke, werde ich wieder munter.

Erstaunlich, wie müde ich in Herrn Humpelers Gegenwart immer wurde. Schon als Kind spürte ich den Sog von Müdigkeit, der ihn umgab. Wie ging Herrn Humpelers Müdigkeit mit dem Radfahren bei Wind und Wetter zusammen? Herr Humpeler war ein Bergmensch, in jeder freien Minute ging er in die Berge. Er hatte die typische drahtige Erscheinung der Bergfexe.

Ich erinnere mich an Vaters Gebrüll, als Herr Humpeler einmal unentschuldigt fehlte. Mein Vater brüllte Entlassung. Herr Humpeler kam mucksmäuschenstill zwei Tage zu spät zur Arbeit. Vater war aus Strom. Ich hatte Mitleid mit dem armen Herrn Humpeler, auf den ein Donnerwetter niederging. Aber Herr Humpeler war unschuldig. Er war in den Bergen mit Kameraden eingeschneit worden und hatte im Biwack auf einer Felsnische übernachtet.

Nach dem Gespräch mit Herrn Humpeler – wir kamen seinerseits ganz ohne Worte aus, wie das sonst nur Winnetou und Old Shatterhand gelang – war mir klar, dass ich die Leitung der Fabrik nie und nimmer Herrn Humpeler anvertrauen konnte.

Man wird sich wundern, dass ich, um Klarheit zu gewinnen, in die Stadt fuhr, in der ich die letzten Jahre als verwirrter Tunichtgut herumgebracht hatte. Ich hatte der Stadt viel zu verdanken, immerhin hatte sie mich eine Reihe von Spielarten des Müßiggangs gelehrt. Wenn ich an meine Stunden mit Carroll und den anderen Frauen denke, muss ich lächeln, wie es heimliche Genießer zu tun pflegen.

Im Nachhinein empfindet der Mensch manchmal Situationen als Genuss, die, als sie stattfanden, peinlich oder schrecklich oder lächerlich oder alles zusammen waren.

Als ich in der Hauptstadt aus dem Zug stieg, spürte ich, dass ich nicht mehr der war, der noch vor Kurzem hier gewohnt hatte. Eigenartig, wie viel Zeit innerhalb weniger Tage und Wochen vergehen kann, als würde die Zeit sorgsam in Schichten gefaltet, um auf kleinem Raum möglichst viel unterzubringen.

Helga erwartete mich in ihrer Wohnung. Sie roch nach Herrenparfum. Ich fragte sie rundheraus, ob sie mit mir im Haus meines Vaters wohnen und die Leitung der Fabrik übernehmen wolle. Helga sah mich durchdringend an, ich sah ein Blitzen auf dem Grund ihrer Augen, ehe sie mich umarmte.

Die darauffolgenden Wochen vergingen wie im Flug. Helga wollte ihre Wohnung in der Stadt vorerst noch behalten, ich übernahm die monatlichen Raten. Wir absolvierten einen Marathon durch verschiedene Einrichtungshäuser. Ich selbst hätte es langsamer angegangen, doch Langsamkeit war nicht Helgas Sache. Deshalb habe ich ihr auch die Leitung der Firma angeboten. Während ich noch darüber nachdächte, ob diese oder jene Geschäftsentscheidung opportun sei, arbeitete sie schon an der Umsetzung der übernächsten.

Ich ließ ihr freie Hand und zog mich aus der Firma zurück, schließlich verstand sie etwas vom modernen Geschäftswesen. Ich bat mir allerdings Herrn Humpelers Unantastbarkeit aus, ich schuldete sie ihm für das eingegrabene Gogomobil.

Meine Frau hatte immer von einem großen Haus geträumt. Ich sagte ihr, es würde mir nicht guttun, im Haus meines Vaters zu wohnen, in dem ich immer ein Fremder war.

Meine Frau: Du wirst deinen Vater am besten los, indem du in seinem Haus wohnst. Du überwindest ihn, indem du ihn in dich aufnimmst. Nimm ihn an, und du bist ihn los.

Ich habe einen Baubiologen mit der Sanierung des Hauses beauftragt. Die Tapeten, die Möbel, die Teppiche aus den Sechzigerjahren, das alles musste raus. Ich verband mit jedem einzelnen Stück eine Geschichte und war froh, wenn die Dinge sie mir nicht jedes Mal von Neuem erzählten.

Ich weinte der alten Einrichtung keine Träne nach. Als ein Möbelpacker Vaters Nachttopf aus dem Schrank zog, musste ich so laut lachen, dass mich der Mann ansah, als wäre ich verrückt geworden. Vielleicht würde mit dem Nachttopf auch Vaters Geist aus dem Haus verschwinden.

Die Sanierung des Hauses dauerte monatelang. Da mir vom Biolack schwindelte, inspizierte meistens meine Frau die Baustelle. Die Rolle stand ihr so gut, da wusste ich schon, dass sie dieses Haus schon jetzt als ihr Reich ansah.

Wenn ich allein die Baustelle betrat, sahen die Arbeiter kaum noch von der Arbeit auf. Wenn ich meine Frau begleitete, sah ich die Arbeiter von Eifer erfüllt. Der Mensch ist ein seltsames Tier. Er besitzt Sprache, doch die wesentlichen Dinge begreift er ohne Worte.

Ich will hier keinen Realismus pflegen, deshalb überspringe ich die Modernisierungsmaßnahmen in der Firma, die Helga für notwendig erachtete. Herr Humpeler erbat sich eine Unterredung unter vier Augen mit mir und fragte mich, ob ich mir der beruflichen Qualifizierung meiner Lebensgefährtin sicher sei. Sie sei nämlich drauf und dran, erprobte Strukturen innerhalb der Firma über den Haufen zu werfen und dafür fragwürdige neue einzuführen.

Ich versicherte Herrn Humpeler, Helga verfüge über die nötige Kompetenz in diesen Fragen, weshalb ich beschlossen hätte, mich in die Umstrukturierung der Firma nicht einzumischen, seine Stellung sei aber unantastbar, das hätte ich mit meiner zukünftigen Frau geregelt. Herr Humpeler horchte auf, gratulierte mir zur ins Haus stehenden Hochzeit und bedankte sich für meine Großzügigkeit, seine Stellung betreffend. Ich versicherte ihm, ich wäre es, der ihm zu Dank verpflichtet sei für seine langen treuen Dienste.

Wie gesagt, ich will nicht dem Realismus frönen, denn meine Studentenjahre haben mich gelehrt, dass ich für jede Art von realistischer Lebensführung ungeeignet bin, nur leider nicht allein dafür, ebenso wenig für Waschbärs »Kraft und Verstand, Erscheinung und übersinnliche Welt« einerseits, Eules Parforce-Ritte durch die Philosophie der Neuzeit unter Berücksichtigung der Descart'schen Schicksalsnacht vom 10. auf den 11. November 1619 in Neuburg an der Donau andererseits.

Ich habe also gelernt, dass die Realität mir wenig Befriedigung verschafft, was möglicherweise nicht allein die Schuld der Realität ist. Ja, ich betrachte meine Untauglichkeit für die Realität mit kritischem, sogar sehr kritischem Blick. Zwar gab es in meinem Leben keine Schicksalsnacht, die für die Entwicklung des Geisteslebens der Menschheit von Bedeutung gewesen wäre, wohl aber kann ich sagen, dass die Magenschmerzen, die ich durch die italienische Tänzerin erlitt, durchaus meine Erwartungen und Ansprüche an die Realität verändert haben. Ich habe angesichts des Abgrunds an möglichen Liebesleiden meinen Kurs auf offener See landwärts gerichtet, wie mir jetzt klar ist.

Das war feige, und möglicherweise tat ich meiner Frau unrecht damit, indem ich sie nämlich als sicheren Anker missbrauchte, während sie ohne mich vielleicht mit dem Benützer des herben Herrenparfums ungeahnte Höhen sowohl in beruflicher als auch privater Hinsicht erklommen hätte. Doch so ist der Mensch nun einmal, er denkt zuerst an sich selbst und er bringt andere dazu, zu seinen Gunsten zu handeln, wenn das Pfand dafür gewichtig genug ist. Und das ist es anfänglich dem Anscheine nach oft, und erst die Erfahrung mitsamt dem Preis, der für die Liebe zu entrichten ist, zeigt, ob der Einsatz sich gelohnt hat.

Ich wundere mich einigermaßen über mich selbst, wenn ich lese, was ich hier schreibe, denn es klingt ganz so, als wüsste ich, wovon ich spreche. Wenn ja, dann war mir das bis zu diesem Augenblick nicht klar. Das scheint überhaupt die Devise zu sein, unter der mein Leben steht: Unklarheit. Und Unklarheit bedeutet Handlungsunfähigkeit und Schwäche. Das ist der wunde Punkt in meinem Leben: Schwäche aller Art, insbesondere, was Entscheidungen betrifft. Ich sehe die Verachtung in den Augen meiner Frau aufglimmen, wenn ich mich wieder einmal nicht entscheiden kann.

An schlechten Tagen verharre ich eine Ewigkeit vor dem offenen Kühlschrank, weil ich mich nicht zwischen zwei Käsesorten, geschweige denn zwischen zwei Fruchtjoghurtsorten entscheiden kann. Das sind Warnsignale, so viel lehrt mich die Erfahrung. Ich schließe dann den Kühlschrank und verzichte auf Käse und Joghurt. In letzter Zeit öffne ich den Kühlschrank nur, wenn meine Frau mich nicht beobachtet. Ich habe den Eindruck, dass ich durch meine Entscheidungsschwäche in ihren Augen nicht an Attraktivität gewinne.

Deshalb möchte ich zur Tat schreiten. Um genau zu sein, ich möchte eigentlich nicht zur Tat schreiten, da mir von Natur aus jede Form der Tat ein Gräuel ist. Es gibt kaum eine Tat, unter der nicht ein Mensch zu leiden hat. Doch wo kämen wir hin, wenn es in der Welt keine Taten mehr gäbe, wenn jeder Mensch, um sich vor Taten zu schützen, allein in seinem Zimmer bliebe. Das Ergebnis wäre wahrscheinlich die beste aller Welten. Möglicherweise würden wir, wie einst Adam und Eva, in Frieden im Garten Eden leben, wobei zu bedenken ist, dass in unseren Breiten ein Leben ohne Kleidung und Behausung für uns Heutige undenkbar ist.

Doch ich schweife ab. Ich muss zu Protokoll geben, dass ich sehr wohl eine Tat gesetzt habe. Ich habe den Grund schon erwähnt, aus dem ich nicht länger Helga sage, sondern Helga meine Frau nenne. Ja, wir haben geheiratet, wobei ich zugeben muss, dass unsere Hochzeit nicht mein Verdienst ist. Meine Frau behauptet zwar, ich hätte sie gebeten, mich zu heiraten, doch ich darf hier anführen, dass dem nicht so war.

Selbstverständlich war sie es, die mich um die Ehe bat, und da ich einsah, wie dringend ich einer Tat in meinem Leben bedurfte, habe ich, mit Bauchweh zwar, aber doch eingewilligt. Es ging eigentlich alles recht schnell, wenn ich bedenke, dass ich vor noch nicht langer Zeit auf einer zweifelhaften Matratze auf dem Boden von Konrads Wohnung schlief und nachts auf dem Weg zur Toilette auf Zigarettenstummel trat.

Wir heirateten in kleinem Kreis. Neben den engsten Verwandten bildeten vor allem Helgas Freunde den Großteil der Hochzeitsgesellschaft. Konrad reiste nicht an. Erst auf dem Hochzeitsfest fiel mir auf, dass ich wenig Freunde hatte.

Mir schien mit einem Mal, mein Leben verlaufe im Vergleich zu der raumgreifenden Bahn, die Helga zog, auf sehr schmalem Kurs. Möglicherweise lag es daran, dass mein Vater auch im Bereich des pro Familie zugeteilten Raums bereits das ganze Kontingent für sich verbraucht hatte. Jedenfalls habe ich meine Frau nie so ausgelassen und glücklich gesehen wie auf unserem Hochzeitsfest. Sie tanzte den ganzen Abend mit mir unbekannten Männern aus ihrem Freundeskreis, der unerschöpflich zu sein schien. Ich ersparte mir eine Überprüfung aller verwendeten Herrenparfums.

Eine Weile hielt der Schock über meinen Mut zur Tat weitere Überlegungen in diese Richtung in Schach. Doch auf Dauer konnte meine Heirat mein tieferes Bedürfnis nach einer echten Tat nicht befriedigen. Was genau ich mir unter einer Tat vorstellte, entzog sich damals noch meiner Kenntnis. Ich war, wie gesagt, jedem Realismus abhold, ekelte mich nur allzu leicht vor den Realitätsmenschen, von denen es in meiner Umgebung wimmelte.

Mir fiel auf, dass es in der Kleinstadt kaum Menschen zu geben schien, die ähnliche Vorbehalte gegen die Realität hatten wie ich. Hier in der Kleinstadt schien ein allgemeiner Konsens darüber zu herrschen, was Realität sei und wie man in ihr zu leben habe. Dagegen waren in der Hauptstadt die Hohlräume, in denen man Tagträumereien und Tat-Abstinenzen verbergen konnte, zahlreich. Oder lag es daran, dass meine Jugend zu Ende war? Hatte ich den Zeitpunkt versäumt, in dem andere in den Ernst des Lebens eintreten und tüchtig ihren Weg in der Realität machen?

Meine Frau hatte keinerlei Schwierigkeiten mit dem Eintritt in die Realität. Sie hatte eigentlich mit nichts Schwierigkeiten. Sie war einer der Charaktere, die jede Situation im Leben mit einem Achselzucken meistern. Und natürlich hatte sie recht damit. Es gab nichts weiter dazu zu sagen, wenn man ein Realitätsmensch war. Für den Tatabstinenten gab es dagegen unendlich viel zu sagen. Nur wo beginnen.

10

So gingen die Jahre dahin, könnte ich jetzt großzügig sagen. Tatsächlich geschah nicht vieles, was der Rede wert war. Meine Frau und ich lebten ein stilles Leben in einem bequemen Haus – oder sagen wir es doch, wie es ist: Ich lebte ein stilles, tatenloses Leben, während sie die Tat und Tüchtigkeit in Person war –, von Zeit zu Zeit empfingen wir ein befreundetes Paar oder machten einen Gegenbesuch. Einzelgänger bewirteten wir selten, da die wenigen Exemplare, die es hier in der Kleinstadt irgendwann gegeben hatte, entweder ausgestorben oder in die Hauptstadt geflüchtet sind. Möglicherweise sitzen sie auch am Bildschirm und studieren die Partnerbörse.

Mein Hauptschwachpunkt im Gleichgewichtsverhältnis zu meiner Frau ist meine Berufslosigkeit.

Ich verfüge derzeit über kein eigenes Einkommen. Ich bekomme jeden Monatsanfang Taschengeld von meiner Frau, ich kann mich nicht beschweren. Aber es wäre für meine persönliche Weiterentwicklung hilfreich, sagt Dr. Übelhör, wenn ich über eigenes Geld verfügte.

Ich habe mir so meine Gedanken gemacht. Ich habe über den Beruf des Auftragsmörders nachgedacht. Ein Auftragsmörder arbeitet selbstständig und ziemlich unabhängig vom Rest der Welt. Das gefällt mir. Das ist so ziemlich das Gegenteil des Lebens, das ich lebe. Irgendwie komme ich mir trotzdem geeignet vor für das Leben als Auftragsmörder. Ich kann gut auch mehrere Tage am Stück allein sein, ohne darunter zu leiden. Zwar war ich schon sehr lange nicht mehr mehrere Tage am Stück alleine, aber ich kann es mir gut vorstellen, wie es wäre, alleine zu sein.

Denn eigentlich verbringe ich meine Tage ja weitgehend alleine. Vormittags arbeitet meine Frau in der Firma, während ich Besorgungen mache und das Mittagessen zubereite. Ich versuche, abwechslungsreich zu kochen, schaffe mir hin und wieder ein neues Kochbuch an und probiere auch Gerichte aus verschiedenen Kulturen. Ich bin als Koch keine große Begabung, ich sage das ganz offen. Meine Frau lobt meine Kochkunst nie, sie beschwert sich aber auch nicht. Ich bin präzise, obwohl man mir das vielleicht nicht zutrauen würde, und, was bei der Arbeit als Auftragsmörder sicher nicht schaden würde, ich bin pünktlich. Außerdem bin ich verschwiegen, was man mir ebenfalls nicht zutrauen würde. Ich kann ein Geheimnis für mich behalten, was für diesen Beruf besonders wichtig ist.

Die größte Hürde wird sicher die Beschaffung eines Auftrags. Bislang kenne ich niemanden aus der Branche.

Im Augenblick blieb mir keine Zeit, mich um meinen neuen Beruf zu kümmern, da meine Frau beschloss, mir das Ausräumen unseres Dachbodens anzuvertrauen. Ihr Vertrauen ehrte mich, immerhin war Sperrmüll mehrerer Generationen abzutragen. Warum das aber gerade jetzt sein musste, wo der Dachboden seit vielen Jahren friedlich vor sich hin geschlummert hatte.

Morgenstund hat Gold im Mund, sagte meine Frau. Bei mir nicht. Meine Frau bestand darauf, dass ich mit dem Ausräumen des Dachbodens zu einer Uhrzeit begann, da selbst die Vögel noch nicht auf den Beinen sind. Oder lag es vielleicht daran, dass sie gar nicht da, sondern in ihrem Urlaubsquartier im Süden waren?

Es war nämlich Winter und es war noch dunkel draußen, als ich mir richtige Arbeitshandschuhe überstreifte und die Dachbodenluke öffnete. Meine Frau zeigte mir und einem Tropf von Jüngling, den sie weiß der Himmel wo aufgetrieben hatte, das ganze Ausmaß der Katastrophe. Der Dachboden quoll über von alten Möbeln, ausgedienten Sofas und Schränken und Kisten voller abgelegter Lebensgeschichten, Fotoalben, Briefen und Altpapier, das irgendjemand glaubte aufbewahren zu müssen.

Meine Frau meinte aufmunternd: Frisch ans Werk! Ihr macht das schon!

Ich hatte schon immer ein nicht unproblematisches Verhältnis zu Sätzen wie dem, in dem jeder seines Glückes Schmied ist, oder dem Satz mit der Morgenstund und dem Gold im Mund.

Die übertriebene Frische, mit der sie uns nun frisch ans Werk schickte, trug nicht zur Besserung meiner Laune an diesem Wintermorgen auf dem eiskalten Dachboden bei. Ich fragte mich, was meine Frau mir sagen wollte, indem sie mir diese Arbeit zuteilte. Sie hatte wiederholt davon gesprochen, wie schädlich Untätigkeit für einen erwachsenen Menschen war, ein paar Wochen genügten schon, wie sie meinte, und der Charakter wäre verdorben.

Davor wollte sie mich unbedingt bewahren, was ich ihr hoch anrechne. Sie konnte ja nicht wissen, dass ich mich mit konkreten Berufsabsichten trug, und solange ich nicht im Auftragsmörder-Geschäft war, wollte ich sie damit nicht beunruhigen.

Bis zur Ausübung eines vollwertigen Berufs wollte meine Frau mich offensichtlich nicht in Untätigkeit versinken lassen. Da kam der seit hundert Jahren von keiner Menschenseele betretene Dachboden gerade recht. Bevor meine Frau mich mit dem Tropf allein ließ, klopfte sie mir auf die Schulter, wobei sie ihre staubigen Hände an meiner Arbeitsjacke abwischte.

Ihr macht das schon, sagte sie fröhlich zwitschernd und stieg die Treppe hinab. Sie wusste natürlich von meiner Stauballergie. Ich musste niesen und spürte ein Kribbeln auf der Haut. Am liebsten wäre ich hinter ihr die Treppe hinabgestiegen. Das kam nicht infrage. Ich würde ihr zeigen, dass ich durchhalten kann.

Der Junge sah mich traurig an, als wäre es abgemacht, dass wir die nächsten hundert Jahre an diesem Ort verbringen müssten. Ich fragte ihn nach seinem Namen. Schüchtern sagte er, er heiße Hubert. Ich klopfte ihm den Staub meines Handschuhs auf seine Schulter und meinte, das packen wir doch mit links, Hubert. Hubert nickte ungläubig.

Hubert war nicht besonders gesprächig. Das mochte am Altersunterschied liegen oder auch daran, dass ich der Mann meiner Frau bin, vor der Hubert Angst hatte. Wenn Hubert und ich ein besonders schweres Möbelstück die Treppe hinunterhievten, presste ich zwischen den Lippen ein aufmunterndes »Geht schon, Hubert!« hervor. Hubert blieb in solchen Fällen stumm. Aber er arbeitete tapfer wie ein Esel. Zu Mittag bestellte ich zwei Pizzas und für jeden eine Cola. Wir wuschen uns notdürftig Gesicht und Hände. Meine Frau hatte geschäftliche Termine außer Haus.

Nach zwei Tagen Schufterei sahen Hubert und ich aus wie Kumpels aus dem Bergwerk. Vor lauter Erschöpfung vergaß ich meine Allergie. Ich nieste nur noch selten, da ich nicht unnötig Kraft verschwenden durfte.

Ich schätzte Hubert. Er machte nicht viele Worte, dafür war ich zuständig. Er konnte zupacken und er nahm alles, wie es kam.

Das Aufräumen des Dachbodens wäre die ideale Gelegenheit gewesen, mich mit den Lebensgeschichten meiner Vorfahren zu beschäftigen. Ich räumte ihre Betten, ihre Möbel, ihre Schränke, ihre Anzüge und staubigen Kleider vors Haus, ich warf sie sozusagen buchstäblich aus dem Haus. Es sind ja nur ihre Kleider und Möbel, könnte einer sagen, der nichts davon versteht.

Ich war inzwischen zum Experten in Sachen Dachbodenentrümpelung geworden und ich wusste, man wirft nicht nur ihre Möbel und Briefe weg, man befördert ihre Seelen vor die Tür. Denn wo sonst als in dem alten Lebensgerümpel sollten die sich verstecken? Ich bin nicht abergläubisch, aber wenn ich am frühen Morgen mit Hubert wieder einmal eine alte Kleiderkiste davonschleppte, dann hörte ich im Innern ihre Klagen. Ja, sie beschwerten sich bei mir, dass ich ihnen ihre Ruhe nicht gönne. Wenn ich die starke Person wäre, die ich – eigentlich? – bin, hätte ich mich mit ihnen auf einen Handel eingelassen. Wenn es nach mir ginge, hätten sie ja bleiben können, wo sie waren. Wem nützte es schon, wenn der Dachboden leer war? Das Haus drohte jedenfalls wegen der alten Sachen nicht einzustürzen. Aber meine Frau wollte es so, und ich wollte meinen Frieden mit ihr.

Seit ich hart arbeitete, respektierte mich meine Frau, ich sah es an der Art, wie sie mich ansah. So hatte mich mein Vater angesehen, wenn ich ein gutes Zeugnis aus der Schule nach Hause brachte. Sein Blick sagte: Weiter so, mein Sohn, vielleicht wird doch noch was aus dir und du machst mir keine Schande!

Abends legte ich mich mit mir unbekanntem Wohlbehagen ins Bett, streckte mich, gähnte. Hätte meine Frau mich nicht beobachtet, ich hätte miaut vor Wonne. Es war herrlich, ein Bett zu haben, ein geheiztes Zimmer, ein Dach über dem Kopf. Meine Frau sah den Ausdruck der Dankbarkeit in meinem Gesicht und rückte näher. Seit ich ein guter Arbeiter war, kamen wir uns näher. Ich war ihr dankbar für meine neue Aufgabe. Ich fürchtete um meinen künftigen Traumberuf, denn dass ich mich als brauchbarer Lastesel erwies, könnte zum Nachteil meiner Berufswahl gereichen.

Mit Hubert verstand ich mich immer besser. Er hatte die Scheu vor mir abgelegt, seit er sah, dass meine Frau mich wie seinesgleichen behandelte. Jetzt waren wir Kumpels. Er zeigte mir, wie er das Bier mit den Zähnen öffnet. Ich schreckte davor zurück, es ihm nachzumachen, da ich Angst um meine teuren Kronen hatte. Ein Auftragsmörder muss jederzeit einsatzbereit sein. Da konnte ich mir keine Querelen mit den Zähnen leisten.

Hubert sah aus wie ein Jüngling, dabei war er schon fünf Jahre verheiratet und hatte zwei Kinder. Er zeigte mir die Fotos zweier niedlicher Sprösslinge, denen man ansah, dass sie bald die Kontrolle über Huberts Hauswesen übernehmen würden. Hubert hatte mit Frau und Kindern gerade sein Haus bezogen. Er hatte jede freie Minute mit eigenen Händen daran geschuftet. Er zeigte mir ein Foto seiner Frau. Sie hatte einen warmen Zug um den Mund, und ihre Augen sagten, dass sie Hubert mochte. Hubert bemerkte, dass sein Foto mich nachdenklich stimmte, woraufhin er von der hohen Verschuldung für die nächsten fünfundzwanzig Jahre redete. Ich nickte verständnisvoll. Und dachte: Bis dahin habe ich meine Karriere als Auftragsmörder schon hinter mir.

Hubert und ich schleppten gerade die letzte Kommode auf die Straße, als mir auffiel, dass Frühling war. Die Vögel zwitscherten, die Magnolie im Nachbarsgarten stand in voller Blüte, und der Nachbar lag im Unterhemd auf dem Liegestuhl. Hubert und ich sahen uns an. Wir hatten Seite an Seite das schier Unmögliche überlebt, einen Staubwinter auf dem Dachboden.

Seit ich quasi ohne Wimpernzucken die gesamte Vergangenheit meiner Vorfahren entrümpelt hatte, war ich in den Augen meiner Frau ein anderer Mensch. Ich sah es daran, dass sie mir nun Aufgaben überließ, deren Erledigung sie mich bislang nicht für fähig hielt. Mein Aufgabenbereich erstreckte sich von der Müllbeseitigung über die Archivierung der nach Nummern geordneten Rechnungen, die zur Abschreibung beim Finanzamt infrage kamen, bis zur Erledigung der Einkäufe. Auch fürs Kochen war ich zuständig, das war ich auch schon, bevor ich mich als Pack- und Lastesel bewährte.

Insgesamt rückte mich die Drecksarbeit auf dem Dachboden in ein anderes Licht. Manchmal, wenn meine Frau sich unbeobachtet fühlte, sah sie mich an, als frage sie sich, wer ich sei. Ich tat so, als merke ich es nicht. Ich selbst konnte mich nur durch tägliches Memorieren meiner Lebens- und Ehesituation daran hindern, einen irritierten Blick auf die Welt zu werfen, in der ich lebte.

Nachdem die Plackerei auf dem Dachboden ein Ende hatte, hatte ich dann und wann eine freie Minute, um über meinen zukünftigen Beruf nachzudenken. Es waren da ein paar Fragen offen. Zum Beispiel: Wie kam ich in Kontakt mit meinen Auftraggebern? Am besten, ich begab mich in das entsprechende Milieu. Dafür musste ich mich dem strengen Stundenplan entziehen, mit dem meine Frau neuerdings meine Tage strukturierte. Ich hatte ihr von Anfang an gesagt, dass ich kein Bastler war. Baumärkte, Werkstätten und Gartencenter sind nicht meine Welt. Das schien meine Frau nicht weiter zu stören, solange ich die benötigten Materialien dort besorgte. Mein Vater hatte immer gesagt, ich hätte zwei linke Hände, ich sei einfach zu gar nichts zu gebrauchen.

Das war mein Freispruch, denn so konnte ich ungestraft Bücher lesen, da ich ja zu nichts Vernünftigem einsetzbar war. Das mit dem Bücherlesen ist so eine Sache. Ich habe festgestellt, dass je mehr man davon liest, desto weniger scheint man in Anbetracht der ungeheuren Menge an Büchern, die man lesen möchte, gelesen zu haben. Fängt man einmal damit an, findet man kein Ende. Das hat den Vorteil, dass man durch eine andere Welt reisen kann, indem man auf seinem Bett liegt und liest.

Man kommt recht schnell in den Ruf, für normale Alltagsdinge nicht verwendbar zu sein, und wird quasi abgeschrieben. Das hat sich für mich als Vorteil für meine gesunde Entwicklung erwiesen, denn es entzog mich dem Machtbereich meines Vaters auf gewissermaßen unsichtbare Weise. Mein Vater nahm mich, da ich nun auch noch Bücher las, nicht für voll. Ich unternahm Reisen zu meinen Lieblingsplaneten, ritt mit Geronimo durchs Apachenland, saß mit Siddhartha tagelang bewegungslos da und war erfüllt von Heiligkeit, weinte über die Pein des armen David Copperfield und verabscheute mit Inbrunst Raskolnikovs alte Hauswirtin.

Meine Frau hat das mit dem Bücherlesen gar nicht ernst genommen. Sie hat den ganzen Haufen Bücher, der sich an den Wänden unseres Hauses entlangzieht, sozusagen als dekorativen Irrtum abgetan, von dem sie mich schon heilen würde, wenn ich erst durch ihre Führung die Wirklichkeit des Lebens geschaut hätte.

Apropos Wirklichkeit: Da träume ich lieber von meinem künftigen Leben als Auftragsmörder. Das Wort Auftrag ist mir wichtig, denn von alleine würde ich nie einen Mord begehen. Ich habe keinerlei Interesse daran, einen Menschen zu beseitigen, nicht einmal meinen ehemaligen Physiklehrer, dessen Namen zu erwähnen zu viel der Ehre für ihn wäre. Obwohl, wenn ich darüber nachdenke, kann ich mir vorstellen, bei ihm eine Ausnahme zu machen. Nicht mit dem Namen, sondern mit dem Mord, meine ich. Vielleicht sollte ich ihn beseitigen. Ich täte ein gutes Werk damit, wenn ich mir vorstelle, wie viele zitternde Schülerseelen der speckig glänzende Sadist gequält hat.

Ich weiß, es ist lange her, es ist Gras über die Sache gewachsen, aber andererseits nicht wirklich, wenn ich meine Wut auf diesen Menschen hochkommen spüre, dann weiß ich, dass die Grasschicht sehr dünn ist.

Jürgen, mein Banknachbar, und ich verbrachten die Physikstunden damals mit dem Aufzeichnen der verschiedenen Mordarten, nach denen wir S. beseitigen würden. Wir waren leider viel zu vernünftig, um eine davon in die Tat umzusetzen. Ein paar Jahre später, als wir schon der Anstalt zur Erzeugung von Gemütsstörungen und allgemeiner Melancholie entkommen waren, fuhr, so erzählte man, im Totalsuff besagter Lehrer S. einen Menschen zu Tode, woraufhin er angeblich für kurze Zeit ins Gefängnis musste. Danach soll er irgendwo ostwärts an einer Schule andere Schüler gequält haben, ehe er erneut in meiner Schule seine Lizenz zur Herstellung von verstörten und depressiven jungen Menschen ausüben durfte.

Doch ich schweife ab von meinem künftigen Leben als Edelmörder. Für meinen ehemaligen Lehrer S. würde ich, wie gesagt, eine Ausnahme machen und ihn ohne Auftrag beseitigen im Wissen, dass ich damit mehreren Generationen von Schülern aus der verletzten Seele spräche.

Ich habe begonnen, mich auf meine richtigen Aufträge vorzubereiten. Die Arbeit auf dem Dachboden hat mich auf die Idee gebracht, von nun an täglich meine Muskeln zu trainieren. Außerdem habe ich mir Laufschuhe gekauft, die zwar noch unbenützt in der Ecke stehen, mit denen ich aber von nun an täglich laufen werde. Denn das oberste Gebot für einen Auftragsmörder ist eine erstklassige körperliche Verfassung.

Als Auftragsmörder kann man jederzeit in eine Situation kommen, die einen zum Einsatz physischer Gewalt zwingt, etwa wenn man genötigt ist, sich den Fluchtweg freizukämpfen. Selbstverständlich gehört das nicht zum Standard bei Ausübung des Berufs. Der Normalfall sieht die Observierung des Zielobjekts, das minutiöse Erfassen seiner Lebensumstände, seines Tagesablaufs einschließlich eventueller Abweichungen vor. Freizeitplan, bevorzugte Restaurants, Bars, auskundschaften des Freundeskreises usw.

Eine seriöse Arbeit erfordert Vorbereitung. Darin stimmen alle Kollegen überein (habe ich alles aus dem Kino). Ein weiterer Punkt ist die Wahl des Geräts. Nur erstklassige Ware kommt infrage. Standard ist ein Präzisionsgewehr mit Zielfernrohr. Welche Marke genau infrage kommt, kann ich jetzt noch nicht sagen, ich bin in die Materie noch nicht eingearbeitet.

Für die Arbeit aus der Nähe ist hochwertiges Handfeuergerät vorgesehen. Auch hier verfüge ich noch über keine Vorkenntnisse. Es hat wohl wenig Sinn, mich bei einem Schützenverein anzumelden. Das könnte Verdacht auf mich ziehen. Es war ein Fehler, mich beim Bundesheer um den Dienst mit der Waffe zu drücken und stattdessen als Zivildiener im Rettungsdienst Sterbende durch die Gegend zu fahren. Diese wertvolle Zeit hätte ich zur Erlernung des Waffenhandwerks verwenden können, was ich damals als überzeugter Pazifist verweigert habe. Drohungen wie: Was machst du, wenn der Russe, der Chinese kommt, habe ich damals mit einem Achselzucken abgetan.

Auf die Frage, was ich tun würde, wenn auf einem Waldspaziergang mit meiner Freundin zwei Männer über sie herfallen würden, habe ich damals spitzfindig geantwortet, ich würde meine Freundin keiner solchen Gefahr aussetzen. Wenn sie aber nun einfach da wären, die bösen Männer, die Vergewaltiger, wurde ich weiter gefragt. Mit der heuchlerischen Haarspalterei des geistig Überlegenen habe ich um den Brei herumgeredet, habe die Bedingungen dieser Frage in Zweifel gezogen, habe mit viel Gerede praktisch ausgeschlossen, dass einer wie ich je in die von der Frage insinuierte Situation kommen könne.

Ich habe so lange um den Brei herumgeredet, bis der Brei sich in Luft aufgelöst hatte, was schon immer Vorrecht des Rhetorikers war, nämlich die Wirklichkeit sich während seiner Rede in Luft auflösen zu lassen, wobei sich dann jedes Paradoxon von selbst verstand und im Handumdrehen plausibel war. Die Sache selbst, die für die Ohren des Zuhörers über der Flut von schönen Wörtern unsichtbar wurde, blieb so lange in der Luft schweben – wie die über dem Abgrund einfach weiter ihrer Wege gehenden Comicfiguren, die in Sicherheit waren, solange sie nicht in die Tiefe sahen –, wie die Rede des Rhetorikers dauerte und darüber hinaus, denn um seine Rede herum bildete sich quasi ein Ballon aus Luftwörtern, der den Blick auf den Staub der Straße eine Zeitlang vernebelte.

Am Ende wusste der Fragesteller selbst nicht mehr, weshalb er gerade diese Frage gestellt hatte, und ich hatte meinen Zivildienstschein. Es war ein grober Fehler, den Dienst mit der Waffe zu verweigern, denn ich schnitt damit einen Teil der Wirklichkeit aus meinem Leben heraus, der mir seitdem fehlt: den Kampf.

In meiner Kindheit war der Kampf stets präsent. Es gab immer jemanden, der mir das Recht auf meine Freiheit, meine Unversehrtheit, das Recht auf mein Pausenbrot, auf meine Ruhe, auf mein Buch usw. streitig machte. Ich löste den Konflikt meistens, indem ich auswich oder aber, indem ich rhetorisch wurde und den Angreifer in einen Nebel aus Wörtern hüllte, wie es der Oktopus auf der Flucht mit seinem Tintennebel tut.

11

Neulich Abend ging ich in der Dunkelheit am See spazieren. Ich ging bis ans Ende der Hafenmole, zum Leuchtturm. Das nachtschwarze Wasser leckte an der Mauer, es unterspülte Hohlräume, brachte sie zum Klingen, ja, sie war deutlich zu hören, die Musik der Hafenmole. Der Wind blies jeden Augenblick stärker, die Wellen brandeten lauter an.

Als ich mich umdrehte, sah ich einen Mann an der Brüstung stehen. Er starrte ins Wasser. Das war nicht ungewöhnlich, aber um diese Uhrzeit doch ein wenig beunruhigend. In einem ersten Impuls wollte ich zu ihm gehen und ihn aushorchen, und, wenn nötig, ihm die Vorzüge des Lebens anpreisen, ihm das Leben schmackhaft machen. Man weiß ja nie, was die Leute vorhaben. Es soll vorkommen, dass einer wie immer freundlich grüßend sein Büro verlässt, um sich eine Stunde später zu Hause aufzuhängen.

Ich wollte gerade zu dem Mann hingehen, als mir eine Idee kam. Wie wäre es, wenn ich einen Testmord beginge? Dieser Mann war offensichtlich ohnedies seines Lebens überdrüssig. Was spielte es also für eine Rolle, ob er selbst ins Wasser sprang oder von mir gestoßen wurde? Dieser Gedanke durchfuhr mich wie ein Blitz, nein, eher wie eine heiße Welle, die in mir hin und her schwappte. Ich spürte förmlich, wie ich hin und her wankte.

Der Mann starrte noch immer ins Wasser. Ich sah mich

um. Es war niemand außer uns beiden zu sehen. Es würde keine Spuren geben. Vielleicht hatte er zu Hause auf dem Küchentisch seinen Abschiedsbrief hingelegt. Niemand käme auf die Idee, dass es sich um Mord handelt.

Ich brauchte ihn nur an den Beinen nehmen und über die Brüstung werfen. Im winterkalten Wasser müsste er nicht lange leiden. Und für mich wäre es die Aufnahmeprüfung in den Club der Mörder.

Aber etwas stört mich dabei: Der Club der Mörder ist ja nicht besonders exklusiv. Ich meine, ich befand mich schon in besserer Gesellschaft. Mit roher Gewalt und Vulgarität hatte ich schon immer meine Schwierigkeiten.

Außerdem würde mir ein heimtückischer Mord wie dieser nicht gerade zur Ehre gereichen. Gibt es überhaupt irgendeine Art Mord, die dem Täter zur Ehre gereicht? Ja, der Tyrannenmord, sonst aber, soweit ich weiß, keiner.

Nein, einen lebensmüden Mann hinterrücks von der Brüstung zu stürzen war keine besondere Heldentat. Zudem hatte ich keinen Auftrag. Es war also ein sinnloser Mord. Und darüber hinaus musste ich den Lebensmüden berühren, um ihn ins Wasser zu befördern. Mein Muskeltraining würde sich bei dieser Gelegenheit bewähren, aber Körperkontakt zum Opfer war in meiner Berufsvorstellung nicht vorgesehen. Idealerweise tötet der Auftragsmörder auf Distanz. Das gibt keine Flecken auf dem Anzug und ist überhaupt appetitlicher. Apropos Anzug: In den hochklassigen Auftragsmörderfilmen trägt der Auftragsmörder von Rang immer Anzug, heutzutage vielleicht nicht unbedingt Krawatte, aber unbedingt gepflegtes Schuhwerk und Lederhandschuhe.

Das Problem ist, dass es für diesen Beruf kein Standardlehrbuch gibt, und an der Abendschule gibt es keine Kurse für den angehenden Auftragsmörder. Man muss sich also alles im Kino aneignen. Bei »Léon – Der Profi« habe ich zum Beispiel eine ganze Menge gelernt. Nicht dass ich mich seitdem nur von Milch ernähre. Auch bei der Wahl meiner Auftragsmöderkleidung würde ich nicht in allen Details derjenigen Léons folgen. Ich schlafe weder angezogen im Ohrensessel, noch kümmere ich mich um einen verwaisten Blumenstock.

Es besteht auch wenig Aussicht, dass ich es mit meinem Muskeltraining zu einem beeindruckenden Körperbau wie Léon bringe. Aber das Waffendepot in der Innenseite seines Mantels ist inspirierend. Auch wie er sich um Mathilda, das Mädchen, kümmert und sich schließlich für sie opfert, das ist schön.

Ja, auch ein Auftragsmörder hat Gefühle. Auch wenn er sie bei der Arbeit nicht zeigen darf. Der wahre Auftragsmörder lässt seine Gefühle bei der Arbeit beiseite, denn wer Gefühle hat, der arbeitet ungenau. Und das ist bei diesem Beruf tödlich. Das sagen sie in allen Filmen dieses Genres. Der Auftragsmörder mordet nicht aus Geldgier, wohl aber hat seine Arbeit ihren Preis. Der Preis steigt mit dem Ruf des Auftragsmörders.

Es ist nicht gut, wenn der Auftragsmörder ein Träumer ist. Léon zum Beispiel lebt als Träumer in seiner kleinen Welt. Sein Auftraggeber, Toni, der Italiener, sagt, er weiß, was für Léon das Beste ist. Er gibt Léon Taschengeld und behauptet, das viele Geld, das für die Morde anfällt, für Léon anzulegen. Wir wissen natürlich, dass Toni ihn um sein Geld betrügt. Léon ist zwar ein Träumer, doch nur ein Träumer würde sich so um das Waisenkind aus der Nachbarschaft kümmern. Mathilda will Léon bei der Arbeit helfen. Er macht ihr zwar klar, dass sie zu jung für diese Arbeit ist, zeigt ihr aber doch, wie man schießt.

Ich brauchte einen Lehrer wie Léon. Jeder angehende Samurai hat seinen Lehrmeister, jeder Ritter war einmal der Knappe eines Ritters. Aber bei uns lernt man heutzutage das Waffenhandwerk nur in der Armee oder man wächst als kleiner Verbrecher in der Vorstadt auf. Für den Dienst mit der Waffe ist es jetzt zu spät und für die Vorstadt auch.

Vielleicht ist Hubert bereit, mir das Schießen beizubringen. Er wirkt nämlich wie jemand, der mit einer Waffe umgehen kann. Aber wie erkläre ich ihm, warum ich es lernen möchte? Vor allem bei der Handfeuerwaffe wird es schwierig, man verwendet schließlich keine Pistolen für die Jagd.

Ein anderes Problem sind meine Allergien. Welcher Auftraggeber hat Verständnis dafür, dass ein Auftragsmörder nicht in Räumen mit hoher Konzentration von Lösungsmitteln arbeiten kann? Wenn es nur die Spannteppiche wären: In Räumen mit Schimmelpilzbefall werden meine Augen in kürzester Zeit trübe, mir schwindelt. Bei frischen Malerarbeiten, Terpentingeruch und Klebstoffen muss ich mich setzen, um nicht das Gleichgewicht zu verlieren.

Dr. Übelhör riet mir, bei Krisen dieser Art meine Gedanken bewusst anderswohin zu lenken, damit mein Nervensystem die zur Gewohnheit gewordenen ungünstigen Verbindungen umgehen kann. Dr. Übelhör zeigte mir einen Punkt auf dem Handballen, auf den ich im Krisenfall klopfen und zugleich die Augen von unten nach oben bewegen, dann diagonal, dann nach rechts, dann nach links kreisen soll, während ich singe, multipliziere und dann summe.

Ich habe Dr. Übelhör nicht gefragt, wie ich gleichzeitig mit dem Klopfen auf den Handballen die Pistole bedienen soll. Wahrscheinlich bin ich nach Dr. Übelhörs Meinung für die Ausübung des Berufs des Auftragsmörders nicht geeignet. Er würde mir sicher Schreibtischarbeit empfehlen, oder noch besser eine Tätigkeit an der frischen Luft, allerdings nicht Maler und Anstreicher, wegen der Lösungsmittel. Gärtner wäre angesichts meiner Allergiesituation wahrscheinlich die richtige Berufswahl, aber bei meiner Empfindlichkeit gegen Wind und Wetter wäre auch das zu überdenken. Auch die Schimmelpilzkulturen im Erdreich könnten zu einem allergischen Schock führen, von den Pestiziden und Fungiziden ganz zu schweigen. Bei Büroarbeit dürfen wiederum die hohen Belastungen durch Elektrosmog und schlechtes Raumklima nicht außer Acht gelassen werden, abgesehen davon, dass in den meisten Büros Spannteppiche lauern.

In einer Situation wie der meinigen muss man genau abwägen, was man sagt. Ich habe Dr. Übelhör bisher noch nicht gesagt, dass es jetzt auch mit dem Essen schwierig ist. Ich erschnuppere mit immer schärferer Präzision beim Gemüse den Schimmelpilz schon von Weitem, das Pyrogenium im nicht ganz frischen Fisch, das Aflatoxinum an der Hühnerkeule. Ich misstraue den Köchen und Küchen, vermeide, auswärts zu essen, und wenn es nicht anders geht, nicht ohne die Speisen heimlich mit dem Pendel zu prüfen. Wenn mir trotz aller Vorsicht meine Lymphdrüsen Spuren von Pyrogenium und Schimmelpilzen melden, klopfe ich sofort den von Dr. Übelhör bezeichneten Punkt auf meinem Handballen, kreise mit meinen Augen, singe »Hänschen klein« oder was mir gerade einfällt, multipliziere und summe »Drei Chinesen mit dem Kontrabass«.

Ich vermeide es, meine Frau in die ganze Palette meiner Beschwerden einzuweihen. Meine Erfahrung hat mich gelehrt, dass sie leicht reizbar auf meine Krankheitsberichte reagiert. Seit der Mutprobe mit dem frisch verlegten Spannteppich in einem der oberen Zimmer unseres Hauses haben wir kein Wort mehr über das Thema Lösungsmittel gewechselt.

In letzter Zeit habe ich meine Mahlzeiten meistens alleine zu mir genommen, um meiner Frau keinen Anlass zu Verdächtigungen zu geben. Ich habe meine Speisenfolge stark reduziert, um mögliche Allergieauslöser erkennen zu können.

Wenn ich es mir aussuchen kann, möchte ich gerne im gut gepflegten Altbau mit Parkett und gut gelüfteten Räumen arbeiten. Ich muss aber damit rechnen, dass nicht jeder Auftrag die höheren Kreise betrifft. Mord ist nach den Berichten der Boulevardpresse zu urteilen eher in verdichtetem Baugebiet angesiedelt, wahrscheinlich in Räumen mit nicht einwandfreier Luftqualität.

Für die Anwendung im Außendienst ist es ohnehin zu früh. Die nächsten Schritte sind die Beschaffung der Waffe sowie das Erlernen des Umgangs mit ihr. Das Aquirieren des ersten Auftrags steht noch in den Sternen. Ich bin noch nicht so weit.

12

Meine Frau trifft sich jeden ersten Donnerstag im Monat mit ein paar Frauen aus dem Rotary Club. Sie nennt diese Treffen den Hexen-Club. Über ihre Freundin Ursula, die sie dort kennenlernte, kam sie ins Realitätengeschäft. Es wundert mich, dass sie nicht viel früher dazu kam, denn es kommt mir vor, als hätten die Realitäten nur auf sie gewartet. Besonders das Handeln mit Gewerbegrundstücken liegt ihr im Blut. Ihr erster Auftrag fiel ihr einfach in den Schoß. Seitdem hat sie Feuer gefangen. Mit der Leitung unserer Firma allein war sie heillos unterfordert.

Nachmittags ist sie nun meist auf Objektbesichtigung und Kundenverhandlungen. Sie beschränkt sich fast ausnahmslos auf gewerbliche Immobilien, da in diesem Bereich die Provisionen stattlich sind. Mit kleinen Fischen gibt sie sich nur in Ausnahmefällen ab oder um einer wichtigen Person einen Gefallen zu tun. Deshalb frage ich mich bis heute, wie es dazu kam, dass sie sich mit mir abgab, denn ich bin weder ein großer Fisch noch eine wichtige Person.

Zwar geht meine Frau wöchentlich zum Yoga und zur Meditation, einmal jährlich zieht sie sich für eine Schweigewoche in ein tibetisches Kloster in den Schweizer Bergen zurück, sie liest Bücher über schamanisches Reisen und die Insel des Jetzt im Strom der Zeit, sie behauptet, einzig und allein auf der Welt zu sein, um die Erleuchtung zu erlangen. Aber ich weiß es besser. Ich sehe das Leuchten in ihren Augen, wenn sie eine große Provision für die Vermittlung eines gewerblichen Grundstücks einstreicht. Es mag mit ihrer Herkunft aus bescheidenen Verhältnissen zu tun haben. Ich weiß, dass es allein das Geld ist, das das Leuchten in die Augen meiner Frau zaubern kann. Ich bin es jedenfalls nicht.

Nun, wo war ich stehen geblieben. Richtig, ich wollte eigentlich vom Hexen-Club erzählen. Denn einmal im Jahr macht der Hexen-Club einen mehrtägigen Ausflug in ein Luxusresort der Wahl. Kürzlich war es wieder so weit. Meine Frau wählte ein Designhotel in Südtirol aus. Es gilt als ausgemacht, dass ich sie nicht durch einen Anruf störe, wenn sie mit ihren Hexen unterwegs ist. Diese Tage gehören nur ihr, und ich halte mich daran.

Nachdem sie abgereist war, rief ich Hubert an und bat ihn um ein Treffen. Als wir bei einem Bier saßen, fragte ich ihn rundheraus, ob er den Umgang mit einer Waffe beherrsche. Hubert sah mich ein wenig begriffsstutzig an und bejahte die Frage. Ich fragte, ob er es mir beibringen könne, denn in letzter Zeit mache ich mir manchmal Sorgen um unsere Sicherheit. Das Haus liege ungeschützt, über den Garten könne ein Einbrecher leicht einsteigen. Ich besäße zwar keine Waffe, denke aber an die Anschaffung einer Pistole, nur zur Beruhigung auch der Nerven meiner Frau. In Wirklichkeit hat niemand stärkere Nerven als meine Frau.

Hubert sah mich an, als wandere auf dem Grund seiner Augen eine herrenlose Frage hin und her. Von seinem Großvater, sagte er, habe er eine Luger aus dem Krieg zu Hause. Wenn mir die Waffe nicht zu altmodisch sei, könnten wir es damit versuchen. Natürlich war ich mit der altehrwürdigen Luger einverstanden, die ich aus Kriegsfilmen als Waffe der deutschen Offiziere kannte. Sie haben zwei Minuten!, sagte Generaloberst Fromm zum Stauffenberg-Verschwörer Generaloberst Beck, legte seine Luger Parabellum 08 auf den Tisch und verließ den Raum.

Am nächsten Tag fuhr ich mit Hubert in ein abgelegenes Waldstück. Er holte die Luger aus der Tasche, zeigte sie mir, zog das Magazin heraus, kontrollierte es und schob es wieder hinein. Er erklärte mir die Waffe und den Sicherungsmechanismus. Er entsicherte sie, zielte auf einen Baum und schoss. Als Kind hatte ich am liebsten Western angeschaut, und je mehr herumgeballert wurde, desto lieber war es mir. Wie laut es aber wäre, wenn man neben mir mit einer Pistole schießt, davon hatte ich keine Ahnung. Dabei war ich als Western-Kenner ein Bewunderer des .44 Colts. Im Vergleich dazu war die Luger ein Kinderspielzeug.

Hubert schoss noch ein paar Mal, dann legte er die Waffe in meine Hand. Ich staunte, wie schwer die Pistole war. Hubert deutete auf den Baum und sagte, ich solle es versuchen. Ich hob die Waffe, streckte meinen Arm durch und schoss. Hubert hätte mir sagen sollen, dass ich meinen Arm nicht ganz durchstrecken darf, denn der Rückstoß hätte ihn mir fast ausgekegelt. Ich muss wohl leichenblass geworden sein, denn Hubert sah mir besorgt in die Augen und fragte, ob alles in Ordnung war. Ja, alles war in Ordnung, nur dass mir bei meinem ersten Schuss große Zweifel an meiner Berufswahl kamen.

Dieses Stück Metall war eine Höllenmaschine, es wollte nichts als töten, es war nichts als böse, sehr böse. Mit einem einzigen Schuss hämmerte die Luger in meinen Kopf:

Ich will töten, töten, töten! Die Luger selbst war vielleicht nicht das Böse, sie war nur ein von Menschen gemachtes Ding. Aber sie stand in Verbindung, sie kam direkt aus dem Bösen. Nicht dass ich auf die Knie gefallen wäre und Gott um Hilfe angerufen hätte. Aber ich stand angesichts des mit einem einzigen Schuss aus dem Verborgenen gelockten Bösen unter Schock. Ich hatte nichts lieber gesehen als die Schießereien in den Western, am liebsten zwischen den Felsen, mit Querschlägern und allem Drum und Dran. Und natürlich mit dem geliebten Winchester-Gewehr.

Und nun zeigte mir ein einziger Schuss mit einer alten Weltkriegspistole, dass ich nicht John Wayne, nicht Gary Cooper, nicht einmal ein mit frisch gebügeltem Halstuch einreitendes Greenhorn war, so hießen bei Karl May die frisch aus Europa in den Wilden Westen Zugereisten.

Die Luger war im Augenblick, da ich den Hahn abzog, eine böse, beißende Schlange, ja, sie war ein Tier, wie befreit aus ihrem Schlaf, endlich losgelassen, um zu töten. Vielleicht würden mir Ohrenschützer helfen. Ich fragte Hubert, ob es für die Luger einen Schalldämpfer gäbe. Er verneinte, denn diese Pistole sei eine Kriegswaffe. Hubert zeigte mir noch, wie ich meinen Arm halten soll, um den Rückstoß abzufangen.

Auf dem Nachhauseweg fragte ich scheinheilig wie nebenbei, ob ich mir die Luger für ein paar Tage ausborgen könne, um mich langsam an die Gegenwart einer Pistole zu gewöhnen. Denn eine Waffe ist wie ein Haustier, sie ist ständig gegenwärtig im Haus, auch wenn sie versteckt unter dem Bettzeug im Schrank vor sich hin schlummert. Sie ist doch ein menschengemachter Teufel, der nur darauf wartet, endlich spucken zu dürfen.

Ich fuhr mehrmals allein hinaus in den Wald, steckte mir Watte in die Ohren und übte. Ich kam mir vor wie ein Räuber, wenn ich tief in den Wald schlich und immer wieder nach Stimmen lauschte. Nach und nach gewöhnte ich mich an die Pistole, doch mir war bewusst, dass ich sie nicht würde zähmen können. Nicht die Pistole war es, die mir diente, vielmehr war sie es, die sich mich zunutze machte, um aus ihrem langen Schlaf aufwachen zu können. Immerhin hatte sie seit dem Krieg geschlafen. Ob sie jemanden getötet hatte? Ich betrachtete sie und dachte an den Krieg. Da wurde mir die Pistole unheimlich, am liebsten hätte ich sie weggeworfen.

13

Seit ihrer Rückkehr von der Hexen-Reise schien mir, meine Frau bewohne einen anderen Planeten, so fern kam sie mir vor. Sie hatte ständig Außentermine, und wenn sie zu Hause war, so war sie in Gedanken doch weit weg. Außerdem roch sie wieder nach Herrenparfum.

Ich bin nicht der Mann, der seiner Frau hinterherschnüffelt. Ich finde, in einer Ehe braucht jeder seinen Freiraum, und wenn man Glück hat, findet man in der gemeinsamen Zeit umso besser zueinander. Meine Frau benötigt dringend fortlaufendes Tätigsein, nur darin findet sie Zufriedenheit.

Der Erfolg ihrer Realitätenaktivitäten hat sie noch stärker gemacht. Was sie mit dem vielen Geld zu tun beabsichtigt, weiß ich nicht. Ich stelle ihr nie Fragen, das Geld betreffend. Ich reklamiere auch nie Einsicht in die Firmenbücher. Ich bin zufrieden, solange ich am Monatsersten mein Taschengeld bekomme.

Eigentlich könnte ich nicht sagen, womit ich meine Tage verbringe. Es gibt hier in der Kleinstadt wenig Ablenkung. Auf meinen Spaziergängen begegne ich immer denselben Gesichtern. Es ist interessant, in ihnen die verschiedenen Stimmungen und Launen zu lesen. Manchmal gibt es in einem Gesicht ein Zögern, ob es meinen Gruß erwidern soll. Dann kommt es meist immerhin zu einem männlichen Kinnrecken.

Ich bin hier aufgewachsen, kann aber nicht behaupten, den Volkscharakter hier wirklich zu verstehen. Meine wenigen Studienjahre in der Hauptstadt haben mich dem Leben hier entfremdet, ich habe gesehen, dass man sehr viel leichter und entspannter leben kann, als man es hier gemeinhin tut, wo es im Leben der Leute außer der Arbeit wenig zu geben scheint. Das Anstrengende am sonst wenig anstrengenden Leben in der Kleinstadt ist, dass man unter Beobachtung steht. Da Arbeit und Fleiß hier als die höchsten Werte gelten, versteht es sich von selbst, dass jeder strebsam und fleißig ist, oder zumindest versucht so auszusehen, als wäre er es.

Neben der Arbeit gibt es hier hauptsächlich Realitäten. Realitäten sind das Hauptgesprächsthema der Leute hier. Dieser und jener hat gerade einen Baugrund geerbt und baut jetzt ein soundso großes Haus. Ein anderer muss nach seiner Scheidung seiner Exfrau sein soundso großes Haus überlassen.

Solche Gespräche hört man, wenn man eins der schummrigen Cafés hier betritt. In der Hauptstadt tat ich nichts lieber, als durch die Stadt zu streunen und in diesem und jenem Kaffeehaus zu sitzen. Hier hat das Herumstreunen nicht viel Sinn. Die Altstadt hat man in fünf Minuten durchquert, man kann hin und her gehen, wie man will, mehr hat sie nicht zu bieten. Und die Vorstadt mit ihren Möbelhäusern, Tankstellen und Baumärkten meide ich, um nicht in Trübsinn zu verfallen.

Es ist also schwer zu sagen, wie ich meine Tage verbringe. Jeder normale Mensch in meinem Alter geht entweder einer Arbeit nach oder er ist Hausfrau und wartet, unter Vorgabe, die Kinder großzuziehen, bis der Ehemann von der Arbeit nach Hause kommt. Als zusätzliche Strafe sieht diese Art von Existenz vor, dem Ehepartner zeitgerecht mit einem den neuesten Richtlinien einer gesunden Ernährung entsprechenden Essen aufzuwarten.

Da meine Frau bei uns die Rolle des Ehemanns einnimmt, ist sie selbstverständlich von allen Koch- und Haushaltsverpflichtungen freigestellt. Allerdings erwartet sie von mir, diesen Verpflichtungen nachzukommen. Womit schon einmal ein Teil der Frage, womit ich meine Tage ausfülle, beantwortet wäre. Offenbar hält mich meine Frau aber nach wie vor für unterbeschäftigt. Während der Schufterei auf dem Dachboden stellte ich nämlich an meiner Frau Anzeichen der Zufriedenheit fest. Sie war wohl stolz darauf, dass ich ohne Weiteres ihren Anweisungen Folge leistete und eine Arbeit verrichtete, die meine körperlichen Kräfte weit überstieg.

Von meinen geistigen Fähigkeiten war dabei keine Rede, etwas wie Geist scheint meine Frau in mir nicht zu vermuten. Wozu sollte ich wohl ihrer Ansicht nach Geist brauchen, da ich keiner Arbeit nachgehe? Es fragt sich allerdings im Gegenteil, ob nicht der Geist von Erwerbsarbeit ausgelöscht wird, da diese das Dasein auf eine recht einfache Dimension ausrichtet. Womit man, wenn man nicht sehr achtgibt, schnurstracks im Reich der unbeantwortbaren Fragen ankommt. Nämlich etwa bei der Frage, ob Geist sich nicht allein dort entfalten kann, wo Arbeit und ganz allgemein der Zwang des Zusammenhangs ein Ende hat. Wie gesagt, das Reich der unbeantwortbaren Fragen.

In der Kleinstadt scheint man sich allgemein erfolgreich vor dem Betreten dieses Reiches zu hüten, so mein Eindruck. Ich kann mich selbstverständlich auch irren. Sitzt man aber mit Leuten gemütlich beisammen, so fällt die Dominanz des Realitätenthemas auf, hart gefolgt vom Thema Gesundheit und allgemeine Ertüchtigung. Denn es gibt außerhalb der Kleinstadt ein Überangebot an Natur, das genutzt werden muss. Ich kenne niemanden hier, der nicht über ein Arsenal von Sportausrüstungen verfügt, die er je nach Witterung und Jahreszeit zum Einsatz bringt. Wer betritt da schon freiwillig das Reich der unbeantwortbaren Fragen.

Rein oberflächlich betrachtet, ist die Kleinstadt die beste aller Welten. Die Leute hier scheinen ausnahmslos genau zu wissen, was sie zu tun haben. Es gibt hier überhaupt keine überflüssigen Handlungen. Es gibt außer mir scheinbar auch keine überflüssigen Menschen. Niemand schlendert außer mir wochentags während der Bürozeiten einfach so durch die Straßen. Wenn jemand um diese Uhrzeit auf der Straße ist, dann versucht er den Eindruck zu wahren, er wäre ausschließlich aus beruflichen Gründen unterwegs.

Zum Beispiel bewährt sich das Tragen eines Aktenkoffers mit nichts als einer Banane und einer Gratiszeitung drin. Oder, was noch besser zum Ortsbild passt, man tarnt sich mit Skistöcken mitten im Sommer, man geht schnellen Schritts, wobei man mit dem Klack-Klack der Stöcke noch den langsamsten Geher aufscheucht. Skistöcke sind gut, weil man sich seelenruhig hinter der Maskerade des Sports verstecken kann. Der Aktenkoffer ist da heikler, denn er erfordert Anpassung der Kleidung an einen Stil, der nicht des Nichtsnutzes Sache ist. Der Nichtsnutz ist ja gerade Nichtsnutz, um nicht morgens das Haus in Geschäftsmontur verlassen und einen leeren Aktenkoffer durch die Straßen schleppen zu müssen.

Das Privileg des Nichtsnutzes ist eben der lockere Kleidungsstil, die ungeputzten Schuhe, die zerknitterten Hosen, die Abwesenheit des Aktenkoffers. Dem echten Nichtsnutz nimmt auch keiner die Skistöcke ab, da man seinem zerknautschten Gesicht die Abstinenz von jeglichem Sport ansieht. Für den echten Nichtsnutz bleibt hier wenig Raum, da seine Maskerade sogleich von jedem durchschaut wird, umso leichter, da man seinen Namen und Adresse ohnedies kennt und weiß, mit welchem Luftikus man es zu tun hat.

Entschuldigt sind also neben Skistock- und Aktenkofferträgern nur Briefträger, Lieferanten, Monteure, unterwegs von einem Einsatz zum nächsten, und Boten. Der Beruf des Boten ist aber im Zeitalter der elektronischen Korrespondenz zum Aussterben verurteilt. Wer sonst ist während der Bürozeiten auf den Straßen? Hausfrauen beim Einkaufen kaum, denn die rollen im Geländewagen von einem Einkaufszentrum zum nächsten. Außer mir sind also höchstens Taugenichtse unterwegs. Und so kam es auch, dass ich an einem harmlosen Bürozeitvormittag, als ich gerade selbstvergessen durch die leere Fußgängerzone schlurfte, meinen Namen ausgesprochen hörte. Ich drehte mich um und sah einen Mann im Geschäftsanzug mit Aktenkoffer.

Kennst du mich nicht mehr, fragte er, ich bin's, der Herbert!

Ich ging in Windeseile die Liste aller Herberts in meinem Kopf durch und stellte fest, sie war sehr spärlich. Genau genommen bestand sie aus einem einzigen Namen, nämlich Herbert aus meiner Klasse, der zwei Jahre vor Abschluss aus der Schule flog, weil er morgens in der ersten

Schulstunde kurz nach acht Uhr sturzbetrunken laut geschnarcht hatte, Doppelliter unter der Schulbank, und auf Zuruf des Lehrers die blutunterlaufenen Augen wie aus ferner, trüber Welt geöffnet hatte. Anstelle eines artikulierten Lautes hatte er den Inhalt der fast leeren Doppelliterflasche über seinen Tisch erbrochen. Einen langen Augenblick hatte Stille im Klassenzimmer geherrscht, ehe der Lehrer mit Donnerstimme die Evakuierung des Raums anordnete. Jedenfalls hatte ich Herbert an diesem Morgen zum letzten Mal gesehen.

Nun stand er im blauen Anzug mit feuerroter Krawatte vor mir, den Aktenkoffer wie einen Anker zur Welt in der Hand. Er hatte schlechte Zähne, war aber tadellos rasiert, das Hemd war freilich nicht das frischeste, dafür war der Krawattenknoten so festgezurrt, dass ich mir um Herberts Luftzufuhr Sorgen machte. Er trug eine zeitgenössisch dickgerandete schwarze Brille, das Haar, soweit es ging, gebändigt, doch fielen mir die viel zu kurzen Hosenbeine auf, die den Blick auf riesige zitronengelbe Turnschuhe lenkten. Schnell wandte ich den Blick ab, denn ich wollte mich davor hüten, ein Blickpolizist zu werden, davon gab es schon genug.

Wohin des Weges, fragte ich Herbert, weil mir sonst nichts einfiel.

Herbert zog einen Entenmund, als er sagte, das werde sich in den nächsten Minuten ergeben.

Offenbar war Herbert ein Mann mit einem geheimnisvollen Lebenswandel. Ich hätte nur zu gerne gewusst, ob in seinem Aktenkoffer mehr als eine Banane und eine Boulevardzeitung mit einer leicht bekleideten Dame auf Seite 7 war. Möglicherweise hatte Herbert Kontakt zur Unterwelt, nach dem Doppellitermorgen damals in der Schule war ihm alles zuzutrauen. Vielleicht ergab sich durch ihn mein erster Auftrag? Wie von selbst lösten sich Herberts leuchtende Schuhe und gingen los. Herbert folgte ihnen, ich folgte Herbert. Es sah aus, als ginge der Anzug mit ihm spazieren, ohne den er zusammensacken würde wie ein wirbelloses Tier.

Am Ende der Fußgängerzone überquerten wir die Straße. Herbert steuerte auf den Würstelstand am Rand des Parkplatzes zu. Er stellte den Aktenkoffer auf die Ablage, begrüßte den Mann im Würstelstand mit einem »Servus, Fredi!« und bestellte im selben Atemzug zwei Dosen Bier. Der Mann im Würstelstand knurrte neben seinem Zahnstocher ein »Servus Herbert« und stellte zwei Dosen auf die Theke.

Ich lehnte dankend ab, Herbert schien mich nicht zu hören, öffnete eine Dose und trank, die zweite stellte er neben den Aktenkoffer. Doch dort gefiel sie ihm nicht, er nahm die verschlossene Bierdose, öffnete den Aktenkoffer, jedoch so, dass ich nur das Gelb einer Banane aufblitzen sah, legte die Bierdose hinein, nahm den Aktenkoffer und das offene Bier, nickte Fredi kühl und knapp wie im Western zu, der mit zu Sehschlitzen verkleinerten Augen zurücknickte, und ging los. Ich folgte ihm.

Wir überquerten die Seestraße, gingen an der Seepromenade entlang. Am Ende der Promenade kehrten die zitronenfarbenen Turnschuhe um, wir gingen bis ans andere Ende der Promenade, wo die Schuhe wieder kehrtmachten. Herberts Lippen bewegten sich unablässig, er schien eine Rede vorzubereiten, die er nie halten würde. Zwischendurch trank er sein Bier.

Er steuerte eine Bank an und setzte sich, öffnete seinen Aktenkoffer, wieder blitzte die Banane, mehr konnte ich nicht erkennen, er nahm die zweite Bierdose heraus und öffnete sie, dass es laut zischte. Von einer unweit gelegenen Bank winkte einer der Alkoholiker, die dort in der warmen Jahreszeit ihren Wohnsitz aufschlagen. Herbert winkte mit einer konspirativen Handbewegung zurück, fast so lässig, wie ein Motorradfahrer dem anderen durch Handzeichen seine Mitgliedschaft im Club der Eingeweihten zu verstehen gibt.

Würde man nicht glauben, dass der bis vor ein paar Monaten Kranführer war, sagte Herbert. Und jetzt sitzt er da. Eine Frauensache. Außerdem nimmt er manchmal ohne Vorwarnung sein Gebiss heraus, er mag es ganz besonders, wenn die Leute dann kreischen. Vielleicht deshalb die Frauensache. Er hat wirklich die Ruhe weg. Der ist irgendwie erleuchtet. Kranführer haben wahrscheinlich alle die Ruhe weg. Ich meine, wer sonst hält es da oben in dem Vorgelkäfig aus. Sag mal, du hast ja gar kein Bier!

Meine Hoffnung, Herbert würde mich in die Halbwelt einführen, wo vielleicht mein erster Auftraggeber mich erwartete, löste sich in Luft auf. Herbert war dafür der falsche Mann.

Seit der Begegnung mit Herbert habe ich den Verdacht, dass es hier in der Kleinstadt gar keinen Bedarf an Auftragsmördern gibt. Es ist hier wahrscheinlich unmöglich, dieser Profession unerkannt nachzugehen, da jeder jeden kennt. Nicht dass deshalb jeder von jedem alles wüsste, aber doch fast alles. Denn es ist schwer, eine Fassade lückenlos aufrechtzuerhalten. Wer weiß, wahrscheinlich wissen die Leute hier von mir alles.

Der Auftragsmörder arbeitet niemals in seiner eigenen Stadt. Niemand weiß, wo er wohnt, wie er lebt. Er ist ein Phantom. Seine Auftraggeber kontaktieren einen Kontaktmann. Der Kontaktmann kennt nur eine anonyme Mailadresse. Er schickt ein Mail mit einer Telefonnummer. Der Auftragsmörder ruft von einer abgelegenen Telefonzelle in einer anderen Stadt an. Niemand hat je sein Gesicht gesehen. Die Bezahlung erfolgt auf ein anonymes Konto in der Schweiz.

Vorerst musste ich mich mit der Waffe vertraut machen. Ich fuhr jeden Tag in das abgelegene Waldstück. Meine Treffsicherheit wuchs. Bald würde ich mich an die Königsdisziplin wagen: den Umgang mit dem Präzisionsgewehr. Es erlaubt dem Auftragsmörder, seine Arbeit unbeteiligt und unter gewissermaßen sterilen Bedingungen zu erledigen. Wer will schon seinem Kunden in die Augen schauen. Vor allem bei meiner Allergie wäre in jedem Fall die sterile Lösung vorzuziehen.

Dennoch würde ich auch das lautlose Töten im Nahkampf lernen müssen. Der Gedanke, dass ich einen Kunden mit bloßen Händen würde erwürgen müssen, ließ mich tagelang an meiner Berufswahl zweifeln. Einen solchen Auftrag würde ich nicht annehmen. Ich hatte meine Prinzipien. Ich würde eine Aufstellung meiner Prinzipien machen, sie auswendig lernen und anschließend vernichten.

14

Nach der Rückkehr meiner Frau von der Hexenwoche nahmen wir beide die vertrauten Rollen in unserem Ehespiel auf. Meine Frau spielte die souveräne Geschäftsfrau, die keine Zeit für ein Privatleben hat. Sie erschien mir wie ein Festkörper aus einem Guss, unerreichbar. Ich spielte den Hausmann mit Schlagseite.

Ich spürte in Gegenwart meiner Frau deutlich das Flirren eines elektrischen Flusses. Dieser Fluss wurde aus einem ganzen Strom unausgesprochener Sätze gespeist, die zwischen uns hin und her wanderten. Meine Frau verbrachte ihre Tage von früh bis spät außer Haus. Möglicherweise übte sie neben der Firma und den Realitäten noch einen dritten Beruf aus, den sie mir verschwieg. Verschweigen, das ist das Stichwort.

Auf einem meiner Streifzüge durch die kleine Gegend hier – ich wurde mittlerweile von Unbekannten gegrüßt, deren Blick mir sagte, dass ich für sie kein Unbekannter war – sah ich meine Frau auf dem Bahnhofsplatz mit einem attraktiven Mann in offensichtlich höherer Position, es war keine Geschäftsbesprechung, das zeigte die große Vertrautheit zwischen den beiden, so als gäbe es da eine Welt, die sie teilten. Genauer möchte ich gar nicht werden. Jedenfalls strich die Hand des Mannes über die Wange meiner Frau, ehe er in seinen großen BMW stieg.

Es ist schön, ein Träumer zu sein. Wer nicht träumt, wer die Dinge des Lebens klar sieht, der könnte verzagen. Ich ziehe es vor zu träumen. Zum Beispiel verwandle ich die Szene mit der Hand des BMW-Mannes auf der Wange meiner Frau in etwas anderes. Ein gefährliches Insekt hat sich dort niedergelassen, der Mann, ganz Kavalier, zögert keinen Augenblick und wischt es weg. Er will dafür keine Belobigung, sondern steigt selbstlos in seine Kutsche und lässt antraben. Meine Frau bleibt verzückt zurück. Wann sah sie mir je verzückt nach? Ich träume meinen Traum, um nicht der Wahrheit ins Gesicht sehen zu müssen. Handicap des Träumers: Er schärft seine Sinne in seinen Tagträumereien so, dass er fraglos irgendwann auch die ungeschönte Realität sehen muss. Zum Glück hat er aber das Traumland, in das er verschwinden kann, wenn es brenzlig wird.

In diesem Augenblick fällt mir L. ein, der großmäulige Haudegen, wie er sich vor meiner Frau über mein Sternzeichen Waage lustig machte, wobei er ihr wie beiläufig seine Hand auf den Schenkel legte (meine Frau saß auf dem Barhocker neben mir, L. stand vor ihr). Worum ging es beim Lustigmachen? Meine Frau und L. waren sich darin einig, dass Steinbock das Sternzeichen der Stärke und Entschlossenheit und Langlebigkeit sei (Sie dürfen gerne raten, welches Sternzeichen die beiden haben). Wogegen Waage das Sternzeichen der Unentschlossenheit und Wankelmütigkeit sei.

Wenn ich es mir recht überlege, ließen sie kein gutes Haar an meinem Sternzeichen, taten es als schwach und unbedeutend ab. Sie sagten es zwar nicht wörtlich, in ihren Blicken stand aber: Menschen mit Sternzeichen Waage sind Schafe, die von den Wölfen dominiert werden. Wer Schaf und wer Wolf war, stand wieder einmal außer Zweifel. L. ließ seine Hand frech auf dem Schenkel meiner Frau ruhen. Wobei sowohl L. als auch meine Frau so taten, als wäre nichts.

Ich bemerkte, dass mir langsam das Blut zu Kopf stieg. In diesem Augenblick bereute ich, noch nicht mit dem Nahkampftraining begonnen zu haben. L. war von durchtrainierter Statur, ein typischer Angeber eben, ein Großmaul, aber die Frauen mochten ihn, vielleicht gerade deswegen. Er war wohl der Prototyp eines richtigen Mannes, viril, stupid und von sich über alle Maßen überzeugt. Gegen einen wie ihn konnte ich nichts ausrichten. Noch nicht. Ich schluckte also meine Demütigung mit saurem Nachgeschmack hinunter und vertagte meine Rache auf später. (Eine Anzahlung auf meine Rache besteht darin, dass er sich hier mit dem Anfangsbuchstaben seines Namens begnügen muss. Ich finde, das habe ich schon einmal gut gemacht.)

Nach der Entdeckung meiner Frau mit dem BMW-Mann fiel es mir leichter, Dr. Übelhör von meinem Berufswunsch Auftragsmörder zu berichten. Dr. Übelhör schwieg lange, kraulte sich am Kinn und legte mir nahe, ein paar Tage alleine zu verreisen, am besten an die See. Egal wohin, nur weg von meiner Frau. Denn offensichtlich, so Dr. Übelhör, handle es sich bei meinem Berufswunsch um kompensierte Aggression meiner Frau gegenüber. Immerhin sei als Fortschritt zu werten, dass ich meine Aggression zuließe und mich zu ihr bekenne. Dies sei der bessere Weg als der in die Depression oder Autoaggression.

Es war unverkennbar, wem ich das nach Dr. Übelhör zu verdanken hatte. Schließlich mussten seine exorbitant hohen Stundensätze ja irgendeine Frucht tragen. Andererseits fühlte ich mich selten so missverstanden wie in diesem Augenblick. Ich trage meine Frau auf Händen, ich bete sie an. Ich könnte ihr kein Haar krümmen, nicht einmal mit der Distanzwaffe. Ich habe in den Jahren unseres Zusammenlebens gelernt, dass ich ohne meine Frau eine Zimmerpflanze wäre, die der pflegenden Hand entbehrt und elendiglich verdörren muss.

Verstehen Sie mich nicht falsch, ich weiß, wie erbärmlich das für einen Uneingeweihten klingen muss. Ich habe beobachtet, dass nichts unbegreiflicher ist als der Mechanismus der Liebe bei den anderen. Beim Abendessen mit einem fremden Paar durchschaut man in kürzester Zeit das Verhältnis der Kräfte der beiden zueinander, das Maß an Zuwendung, Einfühlungsvermögen, den Zustand ihrer Ehe auf einer Skala von 1 bis 10. Von Hingabe und Liebe wollen wir in den meisten Fällen schweigen. Man begreift das alles. Was man aber nicht begreift, ist der Grund, weshalb sich die beiden, da die Karten so offen auf dem Tisch liegen, noch nicht getrennt haben. Meine Beobachtung ist daher, dass der Beobachter von außen zwar alles durchschaut, aber nichts versteht.

Nehmen wir meinen Fall. Ich habe seit der Regentschaft meiner Frau über mein Leben und Hab und Gut quasi alle meine Freunde verloren. Welche Freunde übrigens?

Von außen muss das alles verachtenswert aussehen. Ich weiß das alles. Und kann trotzdem nicht anders, als meine Frau zu lieben. Dr. Übelhör lobte mich, da es mir gelungen war, meine Schwäche zu wenden, mich nicht für den

Rest meines Lebens in Selbstmitleid zu suhlen, sondern aus meiner Lage das Beste zu machen und zielstrebig an meiner Unabhängigkeit zu arbeiten, wenn auch mein Berufsziel mit Dr. Übelhörs Prinzipien unvereinbar war.

Ich würde also entweder auf die Suche nach einem anderen Zuhörer gehen müssen – der Gedanke daran behagte mir gar nicht, denn in so heiklen Dingen war ein angemessener Zuhörer so schwer zu finden wie die Stecknadel im Heuhaufen –, oder aber ich müsste mich heuchlerischerweise dank Dr. Übelhörs fachlicher Kompetenz von meinem Berufsziel für geheilt erklären, was mir nicht schwerfallen dürfte.

Schließlich hatte ich es seit meiner Eheschließung zu einiger Meisterschaft im Verbergen meiner geheimsten Gefühle gebracht, auch wenn meine Frau behauptete, mein Gesicht sei ein offener Spiegel, ich könne nichts verbergen, sie sehe mir jede Heimlichkeit an der Nasenspitze an. Selbstverständlich habe ich meiner Frau gegenüber die Röntgenqualität ihrer Augen nicht infrage gestellt.

Nur so habe ich einigermaßen Ruhe gewinnen können für meine gedankliche Vorbereitung auf meine berufliche Bestimmung. Ich entschied mich Dr. Übelhör gegenüber für die zweite Variante. Ab sofort würde ich also Dr. Übelhörs scharfsinniger Analyse folgen und mein Berufsziel als Faschingsscherz darstellen, dem ich nur aufgrund von lebensgeschichtlich leicht erklärbarer Unterforderung ein paar wenige Stunden des Sinnierens gewidmet hätte.

15

Am Morgen des Tages nach der Sitzung, in der ich Dr. Übelhör meine Berufsabsichten eröffnete, empfing mich meine Frau mit diesem Blick beim Frühstückstisch, der nichts Gutes verheißt.

Wenn sie mich so ansieht, steht der ganze Raum unter Strom, und ich weiß instinktiv: Ich habe etwas falsch gemacht.

Meine Frau hatte meine Pistole gefunden. Womit auf der Hand lag, dass sie mir nachschnüffelte. Was hatte sie in meiner Unterhosen-Schublade zu suchen?

Meine Frau: Kann es sein, dass du mir etwas verschweigst?

Ich: Was soll ich dir denn verschweigen?

Meine Frau: Das musst DU mir sagen.

Ich: Ich weiß nicht, was du meinst.

Meine Frau: Und was ist das da?

Und sie zeigte mir Huberts Luger in einer durchsichtigen Plastiktüte, wie in amerikanischen Kriminalfilmen vor Gericht: Euer Ehren, hier das Beweistück Nummer 1: die Tatwaffe.

In der Plastiktüte erkannte ich die Luger kaum wieder. Sie wirkte so einsam darin, einsam und böse. Sollte ich einfach alles abstreiten, vorgeben, jemand habe mir die Waffe untergeschoben? Nein, Angriff ist die beste Verteidigung.

Ich: Ach, die Pistole! Das ist ein Prototyp für ein interaktives Computerspiel. Das ist doch keine echte Pistole, ich meine, sie ist schon echt, aber nicht so echt, wie du vielleicht glaubst.

Meine Frau: Lüg mich nicht an, ich sehe genau, wenn du lügst! Wo hast du die Pistole her?!! Ich fasse es nicht! Mein Mann hat ein Doppelleben!

Und wieder gefasst: Wo hast du dieses Ding her?

Und weniger gefasst: Ich bleibe keinen Augenblick länger mit dir und dem Ding unter einem Dach! Du musst jetzt ausziehen, sofort!

Ich: Warum muss ich ausziehen wegen einer interaktiven …

Meine Frau: Verkaufe mich nicht für dumm, lieber Ehemann! (Ja, das sagte sie wirklich.) Ich weiß nicht mehr, wer du bist, und ich will es im Augenblick auch gar nicht wissen, ich will nur, dass du verschwindest, SOFORT!

16

So kommt es, dass ich jetzt in der kleinen Pension MARIA wohne. Die Pension Maria ist mehr eine Familienpension, eine Art erweitertes Wohnzimmer mit Zimmeranschluss. Frau Maria, meine Vermieterin, sieht aus wie eine nicht mehr ganz junge Dame aus einem Stummfilm, die mit ihrem abenteuerlichen Augenbrauenspiel jeden zur Räson bringt. Frau Maria sieht streng aus, aber sie hat ein großes Herz. Ich glaube, sie hat meine Lage instinktiv erkannt. Sie schenkt mir manchmal einen Blick, der mir sagt, dass sie alles weiß und versteht.

Eigentlich ist es gar keine Strafe, dass ich nicht mehr in meinem Haus wohnen darf. Ich wollte ja nie mehr dorthin zurück. Mir hat meine kleine Studentenbude genügt.

Hier in der kleinen Pension geht es mir unter den wachsamen Augen von Frau Maria sehr gut. Frau Maria und ich unterhalten uns über das Wetter, aber in Wirklichkeit reden wir über etwas anderes, wir wissen es beide, auch wenn wir nicht genau wissen, worüber wir reden. Was heißt schon Wirklichkeit? Seit ich verheiratet bin, weiß ich es nicht mehr genau. Dabei sagt man, dass mit der Ehe das Leben eines ruhelosen Mannes erst Sinn und Richtung bekomme. Keine Ahnung, wer das gesagt hat, jedenfalls hat er von meinem Leben keine Ahnung.

Wenn ich meine Augen öffne, sehe ich ein ärmliches Zimmer in einer heruntergekommenen Pension. Wenn ich die Augen noch weiter öffne, sehe ich meine Frau in meinem schönen Haus und vor dem Haus sehe ich einen großen BMW. Der Mann mit dem BMW hat wahrscheinlich kein Problem mit frisch geklebten Spannteppichen.

Wenn ich in den Spiegel schaue, sehe ich einen Mann, dessen Blick ein wenig flackert, als brenne in seinem Innern ein Feuer, von dem er selbst nichts weiß. Dieser Mann träumt davon, einmal im Leben ein ganzer Mann zu sein, doch schon während er träumt, überkommt ihn die Angst vor seinem Traum, denn er weiß, ein ganzer Mann ist zu allem fähig. Zum Beispiel könnte ein ganzer Mann sein Haus betreten, den Liebhaber seiner Frau aus dem Fenster werfen, seine Frau ohrfeigen, ihr die Kleider vom Leib reißen. Stopp! Die Angst überkommt mich, ich darf solchen Gedanken nicht nachgeben, denn sonst ist es nicht mehr weit bis zum Gedanken an die Luger in meinem Haus, die meine Frau unrechtmäßigerweise an sich genommen hat.

Nein, ich bin keiner von diesen Männern, die es in die Schlagzeilen schaffen: »Mann tötet Ehefrau und ihren Liebhaber und friert ihre Leichen 14 Jahre in Tiefkühltruhe ein. Grausiger Fund bei Wasserrohrbruch.«

Ich bin ein friedfertiger Mensch. Ich wiederhole es mehrmals vor dem Spiegel. Ich bin ein friedfertiger Mensch. Mein Berufswunsch hindert mich nicht daran, ein friedfertiger Mensch zu sein. Das fachgerechte Töten als Broterwerb hat nichts mit Gefühlen zu tun. Es ist eine Arbeit wie jede andere, nur mit flexibler Arbeitszeit und unregelmäßigem Gehalt, was bei schlecht gehenden Geschäften zum

Problem werden könnte. Ich müsste meine Frau dann um Erhöhung meines Taschengelds ersuchen. Das möchte ich aber vermeiden.

Um mich abzulenken und weil mir nichts anderes einfällt, obgleich ich weiß, dass es nicht gut ist, mich zu viel mit meinem eigenen Leben zu beschäftigen, wandere ich in Gedanken durch meine Schulzeit. Es wäre schön, an früher zu denken, wenn meine Hände dabei nicht so schwitzten. Ich verstehe nicht, warum meine Hände schwitzen.

Ich erinnere mich: Josef war der lässigste Kerl der ganzen Klasse. Er war ein Jahr, vielleicht auch zwei Jahre älter. Sein Körper hatte die Spannkraft eines Raubtiers. Er war der beste Fußballer, spielte in einem Club, es hieß, er bekomme sogar Geld dafür. Wir nannten ihn bewundernd Joe, und jeder wollte sein Freund sein. Joe hatte einige Vasallen, die immer in seiner Nähe waren. Seine rechte Hand hieß Peter, genannt Pete. Pete war ein Pickelgesicht, doch das wagte keiner auszusprechen. Pete war stark, so stark, dass er, nachdem er Werni, der vor dem Auftauchen von Joe und Pete der Klassenschläger gewesen war, in den Schwitzkasten genommen und so lange zugedrückt hatte, bis Werni um Gnade gewinselt hatte, es nicht mehr zu beweisen brauchte. Er war Joes Adjutant, er sonnte sich in Joes Glanz. Ja, Joe glänzte, um ihn war eine ganz bestimmte Luft, von der alle schnuppern wollten.

Joes Vasallen waren immer auf der Hut, sie beobachteten jede seiner Bewegungen, um im rechten Augenblick loszulachen oder in der Gruppe zu grölen. Joe und Pete steckten ihre Köpfe zusammen, die anderen sahen einander nervös an, einer haute dem anderen zur Ablenkung auf die Schulter, denn irgendwas musste ja sein. Wenn Joe und Pete mit der Beratung fertig waren, waren alle Augen auf Joe gerichtet. Er und Pete warfen einander einen Wieselblick zu, jetzt konnte jeder dran sein. Einer musste es sein, das wussten alle, sonst war nichts los, und es musste immer was los sein. Joe fing nur selten selbst an, wozu hatte er denn einen Adjutanten. Der Adjutant ist der verlängerte Arm des Herrn, der selbst außer Herr sein nicht viel zu tun braucht.

Pete kommt mit einem Grinsen zu mir rüber. Alle Augen ruhen jetzt auf mir. Mir wird heiß, mein Nylon-Dralon-Pullover juckt schrecklich. Pete sagt: Du möchtest bestimmt bei den Mädchen sein, oder? Pete grinst zu Joe und den Vasallen hinüber. Zwei von Joes Lehensmännern stehen jetzt neben Pete, der mich blitzschnell in den Schwitzkasten nimmt. Los, bringen wir ihn zu den Mädchen!, ruft Pete. Die beiden Lehensmänner packen mich bei den Beinen und mit lautem Gegröle der Gruppe tragen sie mich vor die 3W-Klasse. W bedeutet »Wirtschaftskundlicher Zweig«, eine reine Mädchenklasse.

Meine Halswirbel knacken in Petes Schwitzkasten, während die Vasallen mir die Hosen herunterreißen, meine Schuhe in unterschiedliche Richtungen werfen. Pete zieht mir meinen Pullover über den Kopf. Jetzt sehen alle mein Babyunterhemd und darunter meinen Babybusen. Sie packen mich zu dritt, einer reißt die Tür zur 3W-Klasse auf, und sie werfen mich wie einen Mehlsack hinein. Hinter mir werfen sie grölend die Türe zu.

In der 3W-Klasse ist es für einen Augenblick ganz still. Ich rapple mich hoch, mein Babyspeck zittert wie Pudding. Ich bin ein Pudding in weißer Babyunterhose. Ich sehe kichernde Mädchen, eine von ihnen hält sich die Hand vor den Mund, um nicht loszuprusten.

Ich bin ein friedfertiger Mensch. Ich wiederhole es mehrmals. Ich habe eine wunderbare, tüchtige Frau. Meine Frau hat ganz recht, dass sie mich aus dem Haus geworfen hat. Ich habe es nicht anders verdient. Schließlich habe ich ein geheimes Leben geplant. Habe ich nicht schon immer ein geheimes Leben nicht nur geplant, auch geführt? Ich habe mein wahres Leben vor meinem Vater verheimlicht. Und auch Helga habe ich nie die Wahrheit über mein Träumerleben gesagt. Das war auch gar nicht nötig, denn sie hat mich längst durchschaut. Für sie ist alles gut: Sie wohnt in einem großen Haus, verdient viel Geld, keiner stört sie bei ihren Treffen mit dem Mann mit dem Herrenparfum. Auch für einen großen BMW ist genug Platz vor meinem Haus.

17

Beim Versuch, mich wegzuträumen vom BMW vor meinem Haus, gerate ich in eine Erinnerungsspur aus meiner Schulzeit, was sich etwa so anfühlt, wie wenn man mit dem Fahrrad in die Straßenbahnschienen gerät.

Jemand hat einmal behauptet, Männer würden das meiste von dem tun, was sie tun, um auf Frauen Eindruck zu machen. Der eine schlägt Rad, ein anderer erfindet die Glühbirne, weil ihm nichts anderes einfällt, um seine Angebetete zu beeindrucken, ein Dritter komponiert ein Liebeslied.

Ich konnte nie Rad schlagen und ich war weder für die Wissenschaften noch für das Handwerk begabt, für die Musik am allerwenigsten. Im Gegenteil, ich war in der Schule der Langsamste, ich brachte mit meiner Begriffsstutzigkeit meine Lehrer zur Verzweiflung und ich hatte zwei linke Hände. Ich kam weder für eine akademische Laufbahn noch für einen handfesten Beruf infrage. Ich war schüchtern und schwächlich. Ich hütete mich, Joe und Pete unter die Augen zu treten, denn das bedeutete, ihre Launen auf mich zu ziehen.

Das Bubenleben war eine einzige Hackordnung: Der Stärkste schlug den Schwächeren, dieser den Nächstschwächeren und so fort, bis am unteren Ende der Skala ich dran war. Das beste Mittel, mich den Schlägen zu entziehen, war, unsichtbar zu sein. Ich hasste die Schule von

Anfang an, denn es war schwer, in ihr unsichtbar zu sein. In den Pausen versteckte ich mich auf dem Klo, aber es war kein originelles Versteck. Irgendwann musste ich raus. Und auf dem Nachhauseweg gab es jede Menge Möglichkeiten für einen Hinterhalt.

Zum Glück flogen Joe und Pete irgendwann von der Schule. Ihre Muskeln hatten der Entwicklung ihres Gehirns im Wege gestanden. Ich hatte neue Mitschüler.

Ein paar davon waren früh entwickelt und sehr männlich. Sie wurden von uns allen als die Chefs anerkannt. Sie redeten so über Mädchen, dass klar war, dass sie sich auskannten. Sie wussten, wie man ein Mädchen in den Arm nimmt und küsst und noch mehr. Ja, der schöne Andreas, dessen Hose sich am Schritt beeindruckend wölbte, hatte alles erlebt, und zwar mit der wunderschönen Laura. Es war ein offenes Geheimnis, dass er mit Laura alles erlebt hatte, zumindest deutete er es an, er sah auf eine bestimmte Weise drein, und wir wussten alles. Andreas hatte es mit Laura getan.

Für mich war das einfach unvorstellbar. Laura war ein höheres Wesen, sie bestand aus nichts als dem Geheimnis Frau, das für mich unentschlüsselbar bleiben würde bis ans Ende meiner Tage. Eine Frau von der Schönheit Lauras würde sich in hundert Jahren nicht für mich interessieren, sie würde mich ganz einfach nicht wahrnehmen, sie würde nichts von meiner Existenz wissen, es sei denn, ich würde mich vor den Schulbus werfen, mit dem sie nach Hause fuhr. Laura war ein höheres Wesen und sie ist es für mich bis heute geblieben, denn ich war vor ihr immer nur der dumme Bub, nein, ich war unsichtbar, ich existierte für ein Mädchen wie Laura nicht. Laura und Yvonne, die beiden schönsten Mädchen der Klasse und vielleicht meines ganzen Lebens, sie bildeten eine geschlossene Welt, sie waren immer zusammen, lachten zusammen, gingen zusammen aufs Klo.

Ich schaute mein halbes Schulleben lang diesen beiden Mädchen hinterher, während sie immer durch mich hindurchschauten. Ich gewöhnte mich daran, dass ich für diese beiden nicht existierte. So war es und so würde es immer sein, dachte ich. Ich würde mein ganzes Leben lang hinter schönen Frauen herschauen, die allesamt durch mich hindurchschauen würden. Die anderen Buben waren im Sport besser und stärker, und in Mathematik und Physik und Latein war ich begriffsstutzig und langsam.

Ich hatte nur eine einzige Stärke: Ich war ein guter Clown. Am besten war ich im Fach Selbstparodie und Selbstzerstörung. Dort, wo andere bei sich und in Reserve blieben, ging ich aufs Ganze, entblößte mich, machte mich lächerlich und gefährdete mich. Ich wusste keinen anderen Weg, um Achtung zu gewinnen, als mich selbst dem Spott und dem Ärger der Lehrer auszusetzen und es darin zur Meisterschaft zu bringen. Dass meine schulischen Leistungen rapide in den Keller rasten, kümmerte mich nicht, solange ich in der Klasse als wilder Kerl galt.

Einmal, ein einziges Mal spürte ich Lauras Blick auf mir. Es war ein flüchtiger Seitenblick, und doch konnte ich spüren, dass ich ihr ein Rätsel war. Wie konnte einer so mit sich selbst umgehen, hörte ich sie denken. Ich war glücklich, denn sie hatte mich wahrgenommen.

Mein Herz war aus Butter, aber das durfte ich nicht zeigen. Der Klassenclown hat selbst keine Gefühle, er lebt ganz allein, um die Klasse zu unterhalten. Je besser er die

Klasse unterhält, desto schlechter geht es ihm im Stillen. Denn je härter die Demütigungen des Lebens ihn treffen, desto verzweifelter wird sein Witz, desto ungeheurer seine Übertreibungen, desto rauschender sein Erfolg in der Klasse. Bis er jede Grenze überschreitet und niemand mehr lacht, als der Vorhang fällt.

Dr. Übelhör sagt, die Art, wie ich aus meiner Schulzeit erzähle, zeigt deutlich, dass ich mich noch nicht genug von meiner Kindheit getrennt habe. Er empfahl mir, des Öfteren laut vor mich hin zu sagen: »Die Kindheit ist zu Ende, die Kindheit ist zu Ende, die Kindheit ist zu Ende.«

Also Schluss mit Klassenclown.

18

Seit ich verheiratet bin, glaube ich an Zauberei. Wie anders ist die Veränderung zu erklären, die mit einer Frau im Augenblick geschieht, da man ihr das Eheversprechen gibt? In ihren Augen glüht ein Feuer auf, wie man es nie zuvor gesehen hat. Ich sollte nicht verallgemeinern, die Verallgemeinerung ist die Schwäche der Dummköpfe, aber ich frage mich, wie sonst ich begreifen soll, was mit meiner Frau seit unserer Hochzeit vorging.

Als sie mein Haus zum ersten Mal betrat, tat sie das mit der Bescheidenheit des Gastes, der den Dingen Respekt zollt. Schon am Morgen nach unserer Hochzeit polterte sie durchs Haus mit der Selbstverständlichkeit der Herrscherin über Haus und Hof.

Es muss etwas mit dem geheimnisvollen Prozess der Eheschließung zu tun haben, wobei etwas wie eine alchemistische Verwandlung geschieht, die der Normalsterbliche nicht begreift, da er die dafür vorgesehenen Vorbereitungskurse versäumt hat.

Ich bin nie in die tieferen Geheimnisse der katholischen Bildungshäuser eingedrungen, was ich jetzt bereue. Aus reiner Überheblichkeit habe ich deren Programm bisher ignoriert. Nun, als vor dem Geheimnis der Ehe wie der Ochs vorm Berg Stehender, schwöre ich jeder Form von Überheblichkeit ab.

Vor ein paar Tagen sah ich auf einer Litfaßsäule ein Plakat mit einem sympathischen jungen Mann mit Babytrage vor der Brust. Baby und junger Mann strahlten einander in Verzückung an. Darunter der Satz: »Mehr über das Geheimnis des erfüllten Mannseins bei uns. Männerbüro.« Ein paar Schritte weiter derselbe junge Mann in Indianerschmuck mit Abenteurerblick vor einem Tipi: Männerbüro. Ich notierte mir die Telefonnummer.

Es wird nicht einfach, Hubert zu erklären, dass ich ihm seine Waffe nicht zurückgeben kann. Noch schwieriger wird aber die Beschaffung einer Ersatzwaffe. Ohne Pistole komme ich mit meinem Schießtraining ins Hintertreffen. Außerdem stehen die Aquirierung eines Präzisionsgewehrs an sowie die Suche nach einem Coach für Nahkampftraining.

Beim Nachdenken über diese Fragen tauchen mittendrin die Bilder aus dem Männerbüro auf. Ich wische sie weg, eine Zeitlang beschäftige ich mich mit der Frage der Waffengattung, ehe ich wieder das strahlende Lächeln des jungen Vaters und seines Babys vor mir sehe.

Schlagartig taucht in mir die Frage auf, ob alles anders gekommen wäre, wenn meine Frau und ich ein Kind hätten. Meine Frau müsste ohne Zweifel einen Teil ihrer Zeit dem Kind widmen, wodurch ihre Geschäfte ins Hintertreffen gerieten. Doch eigentlich ist das unwahrscheinlich, wahrscheinlich ist vielmehr, dass ich als Hausmann das Baby zu versorgen, zu wickeln, an die frische Luft zu führen hätte, während meine Frau weiterhin die erfolgreiche Geschäftsfrau geben dürfte, ohne dabei auf die Treffen mit dem Mann im BMW verzichten zu müssen.

Ich frage mich, ob ich beim Männerbüro anrufen soll. Was soll ich denen sagen: Hallo, ich bin nur ein halber Mann, ich wäre aber gerne ein ganzer? Einer wie John Wayne (Ich kann auch ein bisschen schießen!), einer wie … mir fällt sonst gerade keiner ein. Wenn ich an den jungen Mann mit der Babytrage denke, vermute ich, John Wayne entspricht nicht gerade dem neuesten Männerbild. In »Rio Bravo« wird er zwar schwach, als das verkrachte Mädchen auftaucht, die Tänzerin, die abends im Saloon auftritt, bis es ihm reicht und er sie einfach über die Schulter nimmt und nach oben auf ihr Zimmer trägt. Damit sagt er: Du gehörst mir und keinem anderen, verstanden! Und mit den leicht bekleideten Auftritten ist ab jetzt Schluss!

Wenn ein Mann so etwas sagte zu der Zeit, als der Western gedreht wurde, dann bedeutete das wohl, dass er die Frau heiraten würde. Nur so hatte er ein Anrecht auf die ganze Frau, die dann allerdings auch tun musste, was er von ihr verlangte, eben nicht mehr als Animierfrau in der Bar arbeiten.

19

Seit gestern stellen neue Zimmernachbarn die Pension Maria auf den Kopf. Die Frau schreit und stöhnt so laut, dass ich keinen klaren Gedanken mehr denken kann. Die beiden tun es heute schon zum dritten Mal. Ich bin ihnen auf dem Flur begegnet. In ihren Gesichtern nichts von Lust und Liebe, sie wirken beide derangiert – ein normaler Mensch steigt nicht in der Pension Maria ab – und sind nicht besonders freundlich. Er ist der Typ Mann, dem ich nicht im Dunkeln begegnen möchte. Außerdem riechen beide nach Alkohol und Zigaretten.

Die Lust scheint ihre Gaben großzügig zu verteilen. Den neuen Nachbarn würde ich im Männerbüro vermutlich nicht treffen. Er ist der Typ Mann, der nicht lange nachfragt, sondern zuschlägt, wenn ihm eine Situation unklar ist. Von so einem kann ich nicht viel lernen, außer dass der Mensch grundverschieden ist.

Wenn die beiden länger hier in der Pension Maria bleiben, muss ich mir etwas anderes suchen. Ich gehe spazieren, sonst fällt mir die Decke auf den Kopf.

Als ich an der Tür meiner neuen Zimmernachbarn vorbeikomme, höre ich zwischen dem rhythmischen Stöhnen der Frau einzelne Wörter, die ich nicht wiedergeben möchte.

Vor der Haustüre bemerke ich, dass es stark regnet. Ideales Wetter für den Auftragsmörder. Regen ist Auftragswetter. Das ist in den meisten Filmen so. Ein Schiffshorn im Nebel, eine dunkle Straße in Hafennähe, trüber Schimmer von einer alten Laterne. Die Docks von New York. Rotterdam, Le Havre, Antwerpen, das alles ist Nebel- und Regenland, Laternenland, Land der dumpfen Schritte in schwarzen Gassen. Die Phantome des Hutmachers. Überhaupt Phantome. Lautloses Morden.

Wenn dagegen ein Schiff hier vom kleinen Seehafen herübertutet, dann ist es ein Tuten, nicht das raumumspannende, erschütternde, nervenzellenerfüllende Signal des Nebelhorns eines Überseedampfers. Le Quai des brumes, Jean Gabin, Michèle Morgan! Die großen Gefühle sind nur etwas fürs Kino, am helllichten Tag wüsste man doch nicht, was man mit ihnen anfangen soll. Das ist so wie mit den Überseedampfern: Hierher an den Provinzsee verirrt sich keiner von denen.

So ist es wahrscheinlich auch mit den Aufträgen, es gibt hier keinen Bedarf an sauber ausgeführtem Mord, das ist was für dunkle Großstädte und ihren Sumpf aus Korruption und Verbrechen. Die großen Politmorde sind aus unseren Breiten auch verschwunden, alles viel zu auffällig. Man setzt seine Interessen anders durch, Gelder verschwinden auf Schweizer Konten, Gefälligkeiten werden bezahlt. Wer mitnascht, bleibt schweigsam.

Ist das edle Handwerk des Auftragsmörders also vom Aussterben bedroht? Hier in der Regenprovinz am See vielleicht, aber draußen in der Welt wird es ihn immer brauchen, den Profi.

Wie dem auch sei, hier regnet es, es ist ein kalter Regensonntag, und ich spüre in mir die Leere der Straße. Ich muss etwas dagegen tun. Melancholie ist nicht gut fürs Geschäft. Ich lasse also meine Beine ausschreiten, sie wollen gehen und gehen, sie sind jung, noch ist genug Kraft in ihnen, um mich auf und davon zu tragen. Auf und davon? Wo soll ich denn hin? Im Augenblick am besten gehen, meinen Beinen freien Auslauf lassen. Ich gehe also und gehe. Wenn ich weiter so gehe, beginnen meine Beine bald zu jubeln. Ich könnte »Singin' in the Rain« nachspielen, brauchte dazu nur eine alte Laterne, die ich ansingen könnte.

Seltsam, meine Beine führen mich in Richtung meines Hauses, und ehe ich mich versehe, sehe ich es durch die Bäume aus Nachbars Garten hindurch. Es ist ein stattliches Haus, so durch die Bäume und quasi aus Landstreicherperspektive betrachtet. Unerhört, wie groß es ist. Dahinter die Fabrik meines Vaters. Ich kann mich nicht daran gewöhnen, zu sagen: meine Fabrik. Nein, es ist nicht meine Fabrik. Es ist weit mehr die Fabrik meiner Frau.

Ich bleibe an der Ecke stehen, ich möchte nicht, dass meine Frau mich sieht, nass wie ein Landstreicher und armselig. Ich erkenne den BMW vor meinem Haus. Ich wende mich eben ab und möchte meiner Wege gehen, als ich sehe, wie jemand die Tür meines Hauses aufreißt, ein Koffer landet mit lautem Krachen am Fuß der Treppe, er springt auf, Kleider liegen im Regen.

Im nächsten Augenblick huscht ein Mann in gekrümmter Haltung aus meinem Haus, Sakko und Mantel zerknautscht über den Arm geworfen, das Hemd hängt aus der Hose. Er bückt sich, wirft seine Kleider in den Koffer, wirft den Koffer in seinen BMW, setzt sich ans Steuer und fährt davon. Die Haustüre schließt sich. Meine Frau habe ich nicht gesehen.

Ich gehe weiter durch den Regen, gehe an der Seepromenade entlang, schaue den Schwänen und Enten beim Putzen ihres Gefieders zu und denke an nichts. Und während ich an nichts denke, kippt die Welt ins Leere, ja, mir wird ganz klar, dass die Welt und alle Dinge und Menschen letztlich aus nichts bestehen, ob aus nichts oder aus dem Nichts, kann ich nicht sagen, dafür saß ich nicht lange genug in Eules Vorlesung, ich habe meine Ausbildung zur Weltweisheit zu früh abgebrochen, das zeigt sich jetzt.

Ich gehe schon mehr als mein halbes Leben durch den Regen, dieses Land ist Regenland, Regen ist Auslöschung, ist Vergessen, Monolog des Himmels, zum Einschlafen. Sind die Leute hier deshalb so fleißig, weil es die ganze Zeit regnet? Fleißig, um nicht zu sehen, dass alles um sie aus nichts gemacht ist? Ja, der Regen ist die Stunde der Wahrheit, die Tränen des Nichts. Vielleicht regnet es im Film deshalb immer, wenn jemand ermordet wird, wenn das Böse erscheint. Ich würde meine Arbeit gerne im Regen erledigen, wenn die Dinge ringsum zur Ruhe kommen, wenn das Leben zur Ruhe kommt und einwilligt in sein Ende. Das ist die Stunde des Auftragsmörders, des Mannes, der aus dem Nichts kommt. Das ist mein Job. Mit dem Nichts bin ich vertraut, das Nichts ist mein Element.

Ich habe mich noch immer nicht daran gewöhnt, dass hier am See nichts ist. Ich denke das Nichts mehr abstrakt. Hier ist es jedoch ganz konkret nichts. Ringsum kein anständiges Café, ein hässlicher Bahnhof, eine hässliche Kleinstadt im Regen. Die einzigen wirklichen Lebewesen sind die langweiligen Schwäne und Enten, die die halbe Zeit ihre Köpfe unter Wasser haben. Nicht einmal der alkoholische Kranführer sitzt auf seiner Bank.

Irgendetwas muss geschehen. Ich muss meine Ausbildung beschleunigen. Die Pension Maria ist auf Dauer kein Zufluchtsort mehr, sollten meine neuen Nachbarn sich häuslich einrichten. Ich könnte sie ganz einfach bei Maria anschwärzen, sagen, sie demolieren das Haus usw. Aber ich bin nicht der Denunziantentyp, dafür muss man geboren sein. Ich hasse Denunzianten. Außerdem sind die beiden immerhin das einzig wirklich Lebendige weit und breit. Immerhin empfinden sie Lust aneinander. Oder zumindest Lust an der Lust. Vielleicht sind sie auch zur Lust verdammt, können nicht mehr anders, müssen ihr täglich, stündlich opfern, obgleich sie längst nicht mehr wollen. Auch das ist ein Fluch, der Lust-Fluch.

Es wird Zeit, etwas zu unternehmen.

20

Am nächsten Morgen rufe ich beim Männerbüro an, ich melde mich für das Seminar »Mann sein in Deiner Kraft« an. Es gibt einen freien Platz, ich kann sofort einsteigen.

Ich liege mit Kurt, einem harmlosen, schwammigen Kerl Fuß an Fuß auf dem Rücken und atme, atme, atme, bis das Bild meines Vaters vor mir erscheint. Mein Vater erscheint aber nicht wie von Hannes, dem Seminarleiter, vorgesehen als starker Führer durch mein Leben. Nein, ich sehe meinen Vater ausgerechnet jetzt, da ich ihn dringend als meinen Führer brauchte, in einem viel zu kleinen Schlauchboot mit einem lächerlich kleinen Paddel herumfuchteln. Das Boot kommt nicht von der Stelle, mein Vater nimmt einen Schwimmreifen und springt ins Wasser. Er planscht hilflos so lange, bis er erschöpft ans Ufer kommt.

Kann es sein, dass der Mann mit dem Schwimmreifen Kurts Vater ist, dass ich ihn durch die Fuß-zu-Fuß-Atmung eingeatmet habe? Der Mann mit dem Schwimmreifen ist jedenfalls nicht mein stolzer, würdiger Vater, so, wie ich ihn kenne. Mein Vater, der Übermensch, auf dessen Stirn Falten aufziehen, als er begreift, dass aus mir kein würdiger Nachfolger wird.

Wenn das so ist, dass man quasi den Vater seines Atempartners einatmet, möchte ich die Atemübung nicht fortsetzen. Als ich spüre, wie Kurts Füße zu zittern beginnen und Kurt zu schluchzen anfängt und nach seinem Vater ruft, täusche ich leichte Übelkeit vor und verschwinde auf die Toilette.

Eine Viertelstunde später schleiche ich wieder in den Seminarraum. Meine Seminarkollegen stehen sich jeweils in Paaren gegenüber und halten einander mit ausgestreckten Armen an der Schulter. Kurt ist mit einem Partner versorgt, das beruhigt mich, ich schöpfe Hoffnung, diese Übung auslassen zu können, doch Hannes, der Seminarleiter, winkt mich herbei, führt mich zur Seite und ermahnt mich, ich dürfe meinen Seminarpartner auf keinen Fall mit seinem Schmerz alleine lassen, das sei unbrüderlich und unmännlich, ich müsse den Schmerz mit ihm teilen, so verhalte sich ein wirklicher Mann. Mit diesen Worten führt mich Hannes zu Klaus, der vor einem Jahr von seiner Frau verlassen wurde und dessen Augen eine tiefe Traurigkeit zeigen. Ich lege meine Hände auf Klaus' Schulter. Wenn ich in Klaus' verschwommenes Gesicht sehe, weiß ich, dass ich stark bin. Die Übung ist eigentlich ganz einfach: Lege deine Hände auf die Schultern deines Partners, sieh ihm in die Augen und sage laut, was du liebst!

Klaus sagt mit zitternder Stimme, dass er den Sonnenuntergang liebt. Seine Augen füllen sich mit Tränen. Klaus schluchzt leise, doch er ist tapfer, er sagt, er liebt die Freundschaft, doch während er das sagt, versagt ihm die Stimme, sein Blick ertrinkt in einem See aus Tränen, er schluchzt tief, gleich werden seine Knie versagen, so öffne ich meine Arme und lege sie um Klaus, der an meiner Schulter Rotz und Wasser heult. Jetzt kommt seine ganze Verlorenheit aus ihm heraus, er schluchzt, sein ganzer Körper bebt, er klammert sich an mir fest. Ich fühle mich stark, ich glaube, ich bin in diesem Augenblick ein richtiger Mann, der seinen Kameraden tröstet.

Ich führe Klaus aus dem Seminarraum. So erspare ich mir, jemandem, dem ich das gar nicht erzählen möchte, tief in die Augen zu sehen und davon zu sprechen, was ich liebe. Nein, ich würde nicht Rotz und Wasser heulen, ich würde vielmehr leise sprechen, ich würde flüstern, denn es wäre mir peinlich, was geht es meinen Seminarpartner an, was ich liebe, wenn ich es selbst nicht einmal weiß.

Nach dem Mittagessen sind wir gestärkt und wieder ganze Kerle. Klaus sitzt dankbar bei mir. Vom Nebentisch strahlt Kurt mich an, dessen Vater ich eingeatmet habe. Kann es sein, dass ich männlicher bin, als ich dachte?

Den Nachmittag verbringen Kurt und Klaus und andere gestandene, ausgewachsene Mäner damit, sich in Zweiergruppen schluchzend zu umarmen und Rotz und Wasser zu heulen. Ich wusste gar nicht, dass der Mensch so viele Tränen zu vergießen hat. Aus mir kommt nichts heraus, ich habe den Verdacht, dass ich irgendwie unbeteiligt bin und mich innerlich isoliere. Ich überlege, ob ich mich einfach davonstehle, der Gedanke ist reizvoll, Hannes würde ihn aber wahrscheinlich als unmännlich bezeichnen. Ich muss zu meinem Stamm stehen, mein Stamm ist mein Ursprung, die Quelle meiner Kraft, erst der Stamm macht aus mir einen Mann und so weiter. So redet Hannes.

Später machen wir auf der Wiese am Waldrand ein Lagerfeuer, wir ziehen uns aus und legen unsere Kleider in ein altes Tipi. Hannes zeigt uns, wie wir einander nach Hannes-Indianerart Kriegsbemalung auftragen. Es dämmert, als er in furchterregender Bemalung nackt einen indianischen Kriegstanz um das Feuer vorführt. Wir hüpfen nackt hinter Hannes her. Das heißt, die anderen hüpfen nackt hinter Hannes her. Ich trage meine Badehose, aus Gründen, die wohl auf meine Angst vor richtigen Männern zurückgeht.

Dr. Übelhör sagt, ich habe durch die Dominanz meines Vaters einerseits, durch Joe und Pete, die Klassenschläger, andererseits ein nicht zu unterschätzendes Männertrauma erlitten, weshalb mir das Mannsein wohl Zeit meines Lebens schwerfallen, mich andererseits zu Beziehungen mit dominanten Frauen prädestinieren würde.

Ich kenne den Rhythmus der Trommel aus dem Kino. Es ist komisch, Kurt und Klaus und die anderen nackt ums Feuer tanzen zu sehen. Kurt, der vor wenigen Stunden an meiner Schulter herzzerreißend geweint hat, stößt einen markerschütternden Urlaut aus. Klaus tut es ihm nach. Ich kann mich nicht dazu durchringen, es ihnen gleichzutun. Es scheint, ich bin zu gehemmt dazu. Ich spalte ab, sagt Dr. Übelhör. Ich isoliere mich. Ich isoliere die Welt. Um nicht sehen zu müssen. Was meint Dr. Übelhör? Um der Wahrheit nicht ins Gesicht sehen zu müssen? Der Wahrheit, dass ich kein richtiger Mann bin?

Wer sagt das eigentlich? Es ist nur ein Gedanke. Mein Gedanke erschafft meine Welt, erschafft mich. Kann ich euch glauben, euch Yogis und Brahmanen? Ich erschaffe mich in diesem Augenblick, da ich das denke. Denke? Ich spüre nur die Trommel in mir. Heyaaaaheyaaaa! Ich reiße mir die Badehose vom Leib, ich hüpfe wilde Schreie ausstoßend um das Lagerfeuer. Ich denke es nicht nur, ich tue es wirklich. Heyaaaaheyaaaa! Ich sehe meine Kameraden im Widerschein des Feuers, ihre kriegsbemalten Gesichter wirken männlich und kühn, selbst Klaus und Kurt sind jetzt furchterregende Krieger.

Ich schreie meine Sohnesschwäche aus vollem Hals heraus, ich bin ein Krieger, ich bin Geronimo, der letzte Häuptling der Apachen, »Geronimo, Teufel der weißen Berge«, so hieß das Buch, das ich las, damals, als ich noch ein Kind war und kein ganzer Kerl, als ich noch im Buch lebte und nicht, wie in diesem Augenblick, nackt, als Krieger, am Feuer.

21

Ich öffne die Augen und sehe eine schäbige Deckenlampe. Durch staubgelbe Vorhänge dringt schmutziges Licht. In diesem Licht ist mein Zimmer in der Pension Maria besonders schäbig, ja erbärmlich.

Als ich aus der Dusche steige, klebt der von schwarzem Schimmel überzogene Duschvorhang auf meiner Haut. Ich sage mir, dass ich ein Mann bin, was kann mir schon ein Duschvorhang anhaben. Ich bin ein Mann, ein Krieger, gestern Abend habe ich es gezeigt, beim Kriegstanz ums Feuer, ohne Badehose. Ich habe mit der Badehose meine Allergien abgestreift, jetzt spüre ich den ganzen Mann, der seit langer Zeit in mir eingesperrt war und sich nun endlich zeigen darf.

Heute wäre eigentlich mein Taschengeldtag, aber ich beschließe, meine Frau nicht mehr um Taschengeld zu bitten. Ich werde es auch ohne schaffen. Eine Zeitlang kann ich Maria das Zimmergeld schuldig bleiben, sie weiß, dass ich zahlen werde.

Ich habe noch nie in meinem Leben Lust auf Arbeit verspürt. Heute verspüre ich sie zum ersten Mal. Ich möchte arbeiten, mein eigenes Geld verdienen. Aber wie? Jeder hier in der Kleinstadt kennt mich als den Sohn meines Vaters, ich bin jemand, ohne etwas dafür getan zu haben. Wahrscheinlich gehen schon Gerüchte um, weil ich in der

Pension Maria gesehen wurde. Ein Mann meiner Herkunft mietet sich nicht in einer Pension Maria ein. Ich pfeife auf meine Herkunft.

Ich verlasse die Pension Maria und spaziere am See entlang. Heute scheint die Sonne, man muss in dieser Gegend jeden Sonnenstrahl ausnützen. Draußen auf dem See steht ein einzelnes Segel in der lauen Brise. Ich hätte Maler werden sollen, anstatt meine Zeit an der Universität zu verplempern. Als Maler würde ich jetzt in unendlicher Gemütsruhe mit Baskenmütze vor meiner Staffelei am Ufer stehen und ein weiteres kitschiges Seebild mit Segel malen, das ich immerhin in der Fußgängerzone einem ahnungslosen Touristen für ein paar Münzen andrehen könnte. Immerhin, ich hätte eine Art Beruf und nicht nur das Bedürfnis danach, zu arbeiten, ohne die geringste Ahnung, was ich machen könnte.

Ich erinnere mich an einen einzigen Satz aus der Betriebswirtschaftslehre: »Man muss das Problem nicht kennen und analysieren, um eine Lösung zu finden.« Klingt fast zu einfach. (Von Eule könnte der Satz nicht sein.) Es kann nur einer von den amerikanischen Sätzen sein, die man wie einen Ohrwurm nicht mehr los wird. Jedenfalls ist der Satz vertrauenerweckend. Man muss das Problem nicht kennen und analysieren, das klingt sehr gut. Ich habe nämlich keine Lust, endlos darüber nachzudenken, worin das Problem besteht.

Seit ich gestern Abend meine Badehose abgestreift habe, fühle ich mich leichter. Ich weiß zwar nicht, ob das bedeutet, dass eine Lösung in Sicht ist (denn ich weiß, wie gesagt, nicht genau, worin das Problem besteht), aber irgendetwas ist anders, das weiß ich.

Von Weitem sehe ich an der üblichen Stelle Helmut, den Kranführer, und Herbert, meinen alkoholischen Mitschüler. Jeder von ihnen hat eine Dose Bier in der Hand.

Als ich mich den beiden nähere, prostet mir Herbert zu. Ich proste zurück mit einer unsichtbaren Bierdose.

Helmut sitzt da, als könne ihm die Welt nichts anhaben. Er sitzt irgendwie weise da, ein sanftes Lächeln auf den Lippen. Von Herbert weiß ich, dass Helmut bis vor Kurzem hoch oben auf seinem Kran in der Schweiz saß und auf die ameisenkleinen Baustellenkollegen heruntersah. Das hat ihn aber nicht hochmütig gemacht, seine Augen sind warm, aber um ihn ist etwas wie ein Abstand, wie Einsamkeit. Helmut sieht mich auf eine Weise an, als wisse er genau, was in mir vorgeht, als kenne er mich schon immer.

Er weist mir einen Platz neben ihm auf der Bank an. Ich setze mich. Er drückt mir eine Dose Bier in die Hand. Wir schauen gemeinsam auf den spiegelglatten See hinaus. Herbert nimmt eine Banane aus seinem Aktenkoffer und schält sie.

Ein eigenartiges Wohlgefühl überkommt mich in Helmuts Gegenwart. Helmut strahlt eine ungeheure Ruhe aus, er sitzt da wie ein Weiser aus dem Morgenland. Vielleicht kommt das von den vielen Stunden oben im Kranführerhaus, als er bewegungslos und völlig auf die Baustelle konzentriert sitzen musste. Helmut schaut mit einer solchen inneren Ruhe hinaus auf den See, wo das rote Segel wie festgemacht steckt, dass selbst der zapplige Herbert ganz ruhig wird und nur schaut. Zu dritt schauen wir einfach nur, dann und wann nimmt einer von uns einen Schluck aus seiner Dose.

Irgendwann sagt Helmut wie von ganz tief unten: Da oben in der Krankabine habe ich viel Zeit gehabt zum Nachdenken. Und mir ist klar geworden: Wir haben alle ein Problem, stimmts? Aber wer möchte schon dauernd an sein Problem denken? Man muss das Problem nicht kennen und dauernd darauf herumkauen, um es zu lösen. Seit mir das klar geworden ist, bin ich leicht.

Und noch etwas ist mir klar geworden: Was du bekämpfst, verstärkst du. Also kämpfe nicht.

Helmut nimmt einen großen Schluck Bier, strahlt mich an, als wäre er ganz frei von der Welt, fasst blitzschnell in seinen Mund, löst sein Gebiss und hält es wie eine Trophäe hoch. Er nuschelt: Kämpfe nicht!

Später nehme ich den Zug in die Inselstadt am anderen Seeufer. Es ist meine erste Reise, seit ich die Hauptstadt verließ. Es ist eine zehnminütige Fahrt am Seeufer entlang. Ich wundere mich, wie zufrieden ich mit einem Mal bin. Mir ist so leicht, als der Zug über den Steg hinausfährt auf die Insel. Ich streife ziellos durch die engen Gassen der Altstadt, als mein Blick auf ein rotes Schild mit Dreizack fällt: *THE HELL.*

Ich habe eigentlich nicht viel übrig für Hölle und Teufel, aber vielleicht gibt es dort einen Auftrag für mich.

Ich öffne die Tür. Eine steile Treppe führt ins Dunkel hinab. Die Tür fällt hinter mir ächzend ins Schloss. Es riecht nach Rauch und offenem Feuer. Von einem Kellerfenster hoch oben fällt spärliches Licht ein, ich erkenne nach und nach ein paar Schemen, die Umrisse der Bar, auf die ich zusteuere. Ich setze mich an die Bar, obwohl ich Bars eigentlich nicht mag. Aber dieser schummrige Ort ist für mich

Kino, und im Kino setzen sich die Helden an die Bar. Dort werden sie von einem Betrunkenen angequatscht, der ihnen sein ganzes Leben erzählt und den sie mit männlicher Souveränität trösten. Der Betrunkene weint dann an ihrer Schulter und schläft ein.

Der Barkeeper sieht aus wie ein Seeräuber, er sieht mich auch so an, als durchschaue er mich von Anfang an, als wisse er, dass ich nur ein Möchtegern bin, ein Knilch, ein Muttersöhnchen. Ich bestelle ein Bier, im richtigen Kino würde ich Whisky bestellen, aber mein Magen ist schwach und ich habe nichts gegessen.

Als der Seeräuber das Bier vor mir hinstellt, schaue ich weg, schließlich ertrage ich nur eine begrenzte Dosis Röntgenblick, und als ich wegschaue, sehe ich im Halbdunkel zwei Armlängen neben mir an der Bar einen Mann, dem man ansieht, dass er ein Abenteuer hinter sich hat. Für so etwas hat ein Kinogeher einen Riecher, man sieht die typischen Zeichen, das zerknitterte Hemd, die zerzausten Haare, die verrutschte Krawatte, den zerknautschten Anzug, den gebeugten Rücken.

Der Mann beginnt, wie im Kino üblich, ein Selbstgespräch, in dem einer abwesenden Person reale Anwesenheit verliehen wird, wobei es sich fast ausnahmslos um eine abwesend-anwesende Frau handelt, die den Grund und Abgrund des Ruins, des Abenteuers, bildet, dem der Held nur durch maßloses Trinken beikommt. Der Mann neben mir zeigt alle Ingredienzien eines fatalen Liebesexzesses. Ich warte also, dass er das Wort an mich richtet, wobei ich unbeteiligt dreinschaue wie alle Kinohelden.

Während ich im Dämmerlicht die Flaschen über der Bar zähle, als läge darin der Schlüssel zum Rätsel der Welt, sehe ich aus den Augenwinkeln, dass der Mann um einen Sessel näher heranrückt. Ich zähle weiterhin die Flaschen. Ich spüre die Nähe des Mannes, ich kann seinen sauren Atem riechen. Und der Mann spricht im Schutz des Dämmerlichts, er redet unzusammenhängend, er hält sich an keine Dramaturgie, wie das in solchen Fällen üblich ist, er lässt eine Frau vor meinem Auge erscheinen, sie ist blond, sie ist kühl, sie ist erfolgreich, sie ist verführerisch, sie ist ein eiskalter Engel, sie hat ihn ausgesaugt wie ein Vampir, sie ist unersättlich, sie ist eine Bombe im Bett, sie ist sein Untergang.

Ich stoße mit meinem Nachbarn an, er schwitzt wie alle Abenteurer, wenn sie von ihren Abenteuern erzählen. Er kommt direkt aus der Hölle der Liebe, er darf schwitzen, er darf stammeln und fantasieren. Er kommt mir bekannt vor, dieser Abenteurer, ich habe ihn schon gesehen, nur wo.

Er fährt fort: Ihr Mann ist ein Trottel, sie hat ihn aus dem Haus geworfen, der Trottel scheint dumm zu sein wie die Nacht, denn ihm gehört das Haus, die Fabrik, alles gehört ihm, er wohnt aber in einer schäbigen Pension, dem hat sie ganz schön eingeschenkt, der ist erledigt, der steht nicht mehr auf.

Das ist Kino, nichts als Kino, wie immer, wenn die Leidenschaften anklopfen, wir haben die Wahl, die Türe zu öffnen oder uns still zu verhalten und so zu tun, als wären wir nicht da, als schliefen wir den Schlaf der Ungerechten.

Was mein Nachbar erzählt, ist eine von tausend Geschichten aus dem Delirium der Liebe. Sie kommt mir bekannt vor, doch will das nichts heißen, alles steht eben mit allem in Verbindung, nichts Neues unter der Sonne, so oder so ähnlich, von Eule habe ich das nicht, einen so einfachen Ausspruch würde Eule nie tun. Mein Nachbar heißt Humbert, er findet Zeit, es mir zwischen zwei Gläsern zu sagen, wir stoßen an, als unsere frischen Gläser kommen, auf Humbert, auf uns. Ich wiederhole den Namen Humbert, ich bemühe mich, nicht Hubert zu sagen, Humbert hat ein Recht auf korrekte Aussprache seines Namens, darauf stoßen wir an. Humbert schüttelt unvermittelt den Kopf, seufzt, stößt ein lautes Tsss aus, die unbekannte Frau in seinem Innern macht ihm zu schaffen, er nimmt einen großen Schluck und sieht mich direkt an: Und du, wie sieht es bei dir aus, kein Kummer mit Frauen?

Ich ziehe es vor, diese Frage zu umschiffen, ich erzähle von Helmut, dem Kranführer, und seiner tiefen Einsicht ins Leben, indem er sagt, man muss sein Problem nicht kennen, um es zu lösen. Was sagt Humbert dazu? Humbert denkt einen Augenblick nach, wobei darin nicht seine Stärke zu liegen scheint, er nimmt einen Schluck, zupft an seiner verrutschten Krawatte und sagt, Helmut habe bestimmt recht. Kämpfe nicht, erwidere ich, und als Humbert mich fragend aus verschwommenen Äuglein ansieht, erkläre ich es ihm, ich wiederhole, was Helmut gesagt hat. Humbert nickt, doch er denkt an etwas anderes, wobei ich ihn nicht frage, woran er denkt.

Um ehrlich zu sein, denke auch ich an etwas anderes, aber ich verrate es Humbert nicht und auch sonst niemandem.

Humbert und ich verlassen ehrenhaft, wenn auch sturzbetrunken die Hölle, in der ich verabsäumte, den Seeräuber nach einem Auftrag für mich zu fragen, es ergab sich keine Gelegenheit, Humbert nahm mich mit seinen Abenteuern in Beschlag, wobei mir von Glas zu Glas klarer und schließlich glasklar wurde, dass Humbert der Mann ist, der im Regen vor meinem Haus seine Kleider in den Koffer warf und davonfuhr. Was macht das schon, Humbert und ich sind jetzt beste Freunde, wir teilen uns brüderlich eine Frau, wobei Humbert nicht weiß, dass ich der Trottel bin, von dem er redet. Er weiß ganz bestimmt, dass ich ein Trottel bin, nur nicht welcher.

Aus der Hölle gestiegen und zurück auf der Straße, verstehen weder Humbert noch ich die Welt. Alles ist so hell und irgendwie abnormal normal. Humbert und ich gehen untergehakt, wobei ich nicht weiß, wer bei wem unterhakt. Jedenfalls schöpfen wir die schmale Inselgasse in ihrer Breite aus. Auf der Insel sieht eine Gasse wie die andere aus, möglicherweise gehen wir auch mehrmals durch dieselbe Gasse, das ist auch nicht wichtig. Man muss das Problem nicht kennen, um es zu lösen, und: Kämpfe nicht! Eine Gasse ist so gut wie die andere, irgendwohin führen sie alle, wer weiß schon, wo er hingehört.

Als ich die Augen aufschlage, liege ich auf dem Rücksitz eines großen BMW. Es ist früher Morgen, es dämmert, mich fröstelt. Ich richte mich auf, ich bin allein im Auto. Ich öffne die Tür, es sind nur ein paar Schritte ans Wasser, ich wasche mein Gesicht. Auf der anderen Seite des Sees die Umrisse der Inselstadt. Keine Spur von Humbert. Wie bin ich hierhergekommen? Ich gehe los, es tut gut, die frische Morgenluft zu atmen.

Die Pension Maria liegt noch im Schlummer. Ich öffne leise die Türe, um Maria nicht zu beunruhigen. Die schäbigen Teppiche dämpfen meinen Schritt. Ich öffne mein Zimmer, ziehe mich aus, lege mich ins Bett und schlafe sofort ein.

22

Eine Frau hat Schmerzen. Doch sie will keine Hilfe, sie will mehr davon. Ja, meine Nachbarn sind wieder dabei. Ich bin zurück. Es ist alles normal wie immer. Ich ziehe die Bettdecke über meinen Kopf. Jetzt schreit die Frau unter Wasser. Ich schaffe es, wieder einzuschlafen.

Der Gesang einer Amsel schwebt durch den Garten. Die Töne tragen das Haus, in dem ich liege. Ja, ich spüre im Schlaf, dass der Gesang der Amsel das Haus trägt. Dieser Gesang ist so kunstvoll und frei, er ist aus Sommerluft gemacht, aus dem Licht der letzten Abendstunde, wie ein Netz aus Lichttönen. Ich lächle im Schlaf. Es ist alles gut, solange die Amsel singt. Meine Augenlider wollen sich nicht gleich öffnen, als klebten sie fest. Jetzt sehe ich Dämmerlicht. Ja, es dämmert. In meinem Hals steckt ein großer Knödel. Ich schlage die Bettdecke zurück und wanke ins Bad.

Als ich vors Haus trete, ist es dunkel. Die Amsel ist verstummt. Ich gehe benommen die Straße entlang. So muss sich ein Vampir fühlen, der das Tageslicht meidet. Ich habe einen ganzen Tag meines Lebens verschlafen, das ist traurig.

Ich bin ratlos. In der Hauptstadt könnte ich mich in einem Kino verstecken. Hier bleibt nur der See. Dorthin führen alle Schritte.

Nur wenige Schritte vor mir geht ein Mann mit dem Schritt meines Nachbarn, auch die Silhouette entspricht der seinen. Ein Gedanke lodert in mir auf. Kann es sein, dass die Stunde meiner Bewährung gekommen ist? Ein Berufsmörder muss in jedem Augenblick bereit sein, sein Handwerk auszuüben. Wenn ich meinen Nachbarn töte, kann ich in der Pension Maria bleiben. Sonst muss ich ein neues Quartier suchen mit einer möglicherweise strengen Wirtin, die in Sachen Kredit kein Pardon kennt. Bei Maria habe ich einen Stein im Brett. Sie weiß, was sie an mir hat. Mein Nachbar ist ihr bestimmt auch ein Dorn im Auge. Uns allen, die wir im windgeschützten Reich Marias leben.

Der Fall ist ganz klar. Ich würde vielen Menschen das Leben erleichtern, wenn ich meinen Nachbarn beseitigte. Schließlich hat er sein Leben gelebt. Neuerdings hat er seine Lust auf Kosten von uns allen genossen. Das imaginäre Gericht, dessen Vorsitz ich innehabe, braucht keine lange Beratung, um sich über das Urteil einig zu werden: Der Nachbar muss verschwinden. Außer seiner Freundin wird kein Hahn nach ihm krähen. Wer weiß, vielleicht ist selbst sie froh, wenn die Eintönigkeit des Immergleichen ein Ende hat. Kein Mensch kann das ewige Gerammel als erfülltes Leben bezeichnen. Wer weiß, zu welchen kulturellen Höchstleistungen sich die Freundin des Rammlers aufschwingen würde, wäre sie erst vom Joch der Lust befreit?

Möglicherweise würde noch eine Konzertpianistin aus ihr, oder zumindest eine Feng-Shui-Beraterin. Diese Frau muss befreit werden, damit sie ihrer Bestimmung gerecht werden kann. Wer weiß, wie viel Gutes durch diese Frau noch in die Welt kommen wird, das, solange der Rammler lebt, in der Möglichkeitspipeline feststeckt.

Mein Entschluss ist gefasst. Einen Augenblick bewundere ich mich selbst für meine schnelle Entschlossenheit, und weil ich mich bewundere, schüttet meine Nebennierenrinde Bewunderungshormone aus, die meinen Herzschlag beschleunigen. Der Ernstfall ist eingetreten, die Stunde der Wahrheit gekommen. Jetzt muss ich beweisen, ob meine lebenslange mentale Vorbereitung auf diesen Augenblick in Form des Konsums von Gangsterfilmen gründlich genug war.

Meine Waffe liegt unter Verschluss bei meiner Frau. Ich habe nicht einmal eine Drahtschlinge, offenes Geheimnis, dass die zur Standardausrüstung des Mossad gehört. Schreckliche Todesart. Was zählt, ist das Ergebnis. Ich muss eben improvisieren. Ich habe mich mental lange genug vorbereitet. Ich verfüge über alle Qualitäten eines Profis, auch wenn mein Trainingsprogramm noch nicht abgeschlossen ist. So ist das Leben. Es wartet nicht. Hier ist der Mann, jetzt, und es muss heute geschehen.

Ich verlangsame meinen Schritt, bleibe in sicherer Entfernung, damit er keinen Verdacht schöpft. Ich muss warten, bis er an einem abgelegenen Ort ist. Soll ich es mit bloßen Händen tun? Mein Nachbar ist kräftig, wie anders würde er sonst die ständige Rammelei durchhalten. Leider gibt es keine Klippe, von der ich ihn stürzen könnte. Es gibt die Hafenmole, aber jemanden aus zwei Meter Höhe in den See zu werfen ist keine sichere Methode. Es sei denn, man versetzt ihm zuvor einen Schlag, der ihn betäubt.

Da haben wir es wieder, jetzt fehlt mir meine Ausbildung im Nahkampf. Ein gezielter Schlag mit der Handkante, und alles ist gelaufen. Dann plopp, ab in den See auf

Nimmerwiedersehen. Aber den Schlag mit der Handkante lerne ich in den nächsten zwei Minuten nicht mehr. Ich muss also improvisieren. Ich durchsuche meine Taschen nach einem harten, spitzen Gegenstand. Nichts, nicht einmal ein Feuerzeug, das kommt davon, wenn man nicht raucht. Der einzige scharfe Gegenstand, den ich bei mir habe, ist der Hausschlüssel der Pension Maria. Damit kann ich ihn nicht erstechen. Ein Stein muss her. Am Ufer liegen genügend davon.

Mein Nachbar geht Richtung Ufer, er betritt einen Bootssteg, ich höre das Klappern seiner Schuhe auf dem Holz. Dort ist es dunkel, ich erkenne mit Mühe seine Umrisse. Ich nehme einen schweren Stein vom Ufer auf und stecke ihn in meine Jackentasche. Ich betrete den Bootssteg, als wäre er aus rohen Eiern. Ich darf keinerlei Geräusch machen. Das fällt mir leicht, ich habe es hundertmal bei Winnetou und Old Shatterhand gelesen. Ich vergewissere mich, dass hinter mir keine Laterne oder andere Lichtquelle ist, sonst würde er mich sehen. Ich gehe in die Hocke und warte. Stille. Was macht er da draußen auf dem Steg?

Plötzlich ein Stöhnen, dann ein lautes Platschen. Er ist ins Wasser gefallen! Einen Augenblick später ruft er um Hilfe. Hilfe!, ruft er, Hilfe! Ich kann nicht schwimmen!

Hat er möglicherweise einen schweren Stein in seiner Tasche? Einen Stein, wie ich ihn in der Tasche habe? Einen Stein, um zu töten. Jetzt wird es nicht mehr nötig sein, die Sache erledigt sich von selbst. Das ist unehrenhaft, ich hatte auf meinen ersten Mord gehofft. Soll ich einfach nur zusehen? Zumindest wäre auf diese Art das Hausproblem bei Maria gelöst. Und die Freundin des Rammlers könnte ihre Feng-Shui-Beratung beginnen. Ich könnte wieder ruhig schlafen. Auf dem Flur würde es nicht mehr nach kaltem Zigarettenrauch riechen. Wäre die Welt ohne meinen Nachbarn nicht ein besserer Ort?

Was tue ich? Ich hole den Stein aus meiner Tasche und werfe ihn weg. Ich renne den Bootssteg entlang, ich rufe Hallo, hören Sie mich! Ich bin da! Hallo!

Hilfe!, ruft er, ich kann nicht schwimmen!

Was tue ich bloß? Ich schlüpfe aus meinen Schuhen, ich reiße mir Jacke, Hemd und Hose samt Unterhose vom Leib. Ich komme!, rufe ich und springe splitternackt ins stockdunkle Wasser. Es ist kälter, als man vermuten würde, es ist sogar so kalt, dass ich im ersten Moment befürchte, mein Herz würde stillstehen. Im zweiten Moment befürchte ich, dass ein Fisch mir im stockdunklen Wasser meinen Schwanz wegbeißt. Das habe ich im stockdunklen Wasser schon immer befürchtet, ganz besonders ohne Badehose. Ich schwimme aber nicht zurück zum Steg, um meinen Schwanz in Sicherheit zu bringen. Nein, ich kraule mutig auf meinen ertrinkenden Nachbarn zu und vergesse meinen Schwanz. Ein ganz klein wenig bewundere ich mich dafür, aber das vergesse ich beim Kraulen.

Die Hilferufe werden schwächer, mein Nachbar schluckt Wasser. Als ich mich ihm nähere, schlägt er verzweifelt um sich. Ich schwimme von hinten an ihn heran. Ich denke an den Stein, die Schlinge, den Hausschlüssel. Wie leicht wäre es jetzt. Es würde genügen, nichts zu tun, zuzusehen, wie er ertrinkt. Statt dessen lege ich meinen Arm um ihn und ziehe ihn uferwärts. Er schlägt wild um sich, aber ich bin ein guter Schwimmer und ich habe den Rettungsschwimmerschein gemacht. Ich staune über mich selbst, denn auf diese Situation bin ich vorbereitet, als hätte ich sie hundertmal erlebt. Ich ziehe ihn also hinüber ans Ufer, denn auf den Bootssteg könnte ich ihn nicht hinaufhieven.

Ich liege völlig außer Atem neben ihm, der hustet und Wasser spuckt.

Irgendwann bedankt er sich schlotternd mit zittriger Stimme, er nimmt meine Hand und sagt Danke, Danke, Danke!

Er schlottert unter Schock. Ich bitte ihn zu warten, ich flitze auf den Bootssteg und schlüpfe nass in meine Kleider. Ich laufe zurück, da liegt er zusammengekrümmt am Ufer. Ich ziehe ihn hoch, nehme ihn unter den Arm und schleppe ihn in die Pension Maria. Ich klopfe an seine Zimmertüre, seine Freundin öffnet rauchend. Ich schleppe ihn über die Schwelle, lege ihn aufs Bett und beginne ihm die Kleider auszuziehen. Seine Freundin steht mit offenem Mund da und starrt mich an.

Ich erkläre ihr, was passiert ist, während ich ihn weiter ausziehe. Ich bitte sie, in die Küche zu gehen und einen Tee aufzubrühen. Fassungslos schaut sie mich an, als würde ich Chinesisch sprechen. Ich wiederhole meine Bitte, sie dämpft ihre Zigarette aus, wirft sich etwas über und verlässt das Zimmer. Mittlerweile habe ich ihn nackt ins Bett gesteckt. Seine Lippen sind blau, er hat Schüttelfrost, er verdreht seine Augen nach oben. Wenn er jetzt kollabiert, war die ganze Schinderei umsonst.

Da kommt sie mit dem Tee. Ich frage sie, ob sie Rum oder Cognac oder Whisky dahat. Sie nickt, wobei sie durch mich hindurchschaut. Abwesend reicht sie mir eine Flasche billigen Whisky. Ich nehme ihr die Tasse aus der Hand, kippe Whisky in den Tee, setze mich an den Bettrand, lagere seinen Kopf höher und führe die Tasse an seine Lippen. Er stöhnt auf, der Tee ist heiß, ich lasse ihn daran nippen. Als die Tasse leer ist, hat der Schüttelfrost aufgehört, die Lippen haben eine gute Farbe, sein Blick ist stabil. Die verhinderte Feng-Shui-Beraterin steht die ganze Zeit wie ein Ölgötze da und schaut mich und ihn und wieder mich fassungslos an.

Als ich sehe, dass er übern Berg ist, sage ich ihr, sie soll ihn schlafen lassen, morgen wird es ihm besser gehen.

Als ich das Zimmer verlasse, winkt er mir schwach, während sie mich ansieht, als wäre ich eine Fata Morgana.

23

Am nächsten Morgen webt die Amsel ein Zelt aus Tönen. Ich höre ihr eine Weile zu, lasse mich tragen von diesem feinen Netz. Es ist so ruhig im Haus. Wenigstens in den nächsten Tagen werden meine Nachbarn still sein.

Letzte Nacht habe ich deutlich gesehen, dass ich mein Training wieder aufnehmen muss, um für den Ernstfall gerüstet zu sein. Ich beschließe, eine Ersatzwaffe zu besorgen und mich nach einem Lehrer für Nahkampftraining umzuhören. Waffe und Lehrer kosten Geld, das ich nicht habe. Ich muss auch in dieser Frage eine Lösung finden. Soll ich Geld stehlen, eine Bank überfallen? An der Kasse eines Supermarkts sehe ich mich nicht, als Parkplatzwächter fürchte ich mich zu langweilen, zum Kellner bin ich zu unbeholfen.

Ich habe nie gearbeitet, wie soll ich wissen, wofür ich tauge? Schulkameraden haben früher in den Sommerferien als Briefträger gearbeitet. Ich habe mir ihre Geschichten über Hausfrauen angehört, die morgens mit Lockenwicklern an die Tür kamen. Ich bin nie auf die Idee gekommen, in den Ferien zu arbeiten. Ich habe keinen Augenblick über Arbeit nachgedacht. Das war dumm von mir, das begreife ich heute. Ich habe nie mit dem Ernstfall Leben gerechnet. Ich dachte, es bliebe für immer ein Spiel.

Dr. Übelhör hat wahrscheinlich recht, wenn er sagt, ich wäre der typische Puer aeternus, der ewige Jüngling, der aus den Armen seiner Mutter in die Arme der nächsten

Frau weitergereicht wird, um bloß nicht erwachsen werden zu müssen. Wenn Erwachsensein bedeutet, ohne Aussicht auf Rettung an der Supermarktkasse zu sitzen, dann hat Dr. Übelhör sicher recht. Der Berufswunsch Auftragsmörder ist eine typische Bubenfantasie. Vom Beruf Testpilot und Rennfahrer träumen kleine Jungs wahrscheinlich häufiger. Diese beiden Berufe kommen für mich nicht infrage, da ich Angst vor hohen Geschwindigkeiten habe.

Auf dem Flur und aus dem Zimmer meiner Nachbarn kein Geräusch. Ich verlasse die Pension Maria und begebe mich ins nahe gelegene Einkaufszentrum. Vielleicht fällt mir im Trubel ein, wie ich Geld verdienen könnte. Mein Blick fällt auf ein Gewehr in einem Schaufenster. Das Gewehr heißt HK G3. Es ist eine Schnellfeuerwaffe mit hoher Zielgenauigkeit, wie es heißt. In großer Schrift steht darunter: »Unsere Antwort auf den Terrorismus«. Das Gewehr sieht so echt aus, dass ich erst, als ich den geringen Preis sehe, verstehe, dass es aus Plastik ist. Ich zähle mein Geld, ich kann es mir leisten und habe dann noch Geld für etwa eine Woche. Ich betrete das Geschäft, lasse mir das Gewehr zeigen, das wunderbar in der Hand liegt. Ich nehme es in der Originalverpackung, bitte aber um eine große Plastiktüte, denn ich möchte nicht, dass man erkennt, was ich mit mir herumtrage.

Zufrieden mit meiner Beute verlasse ich das Geschäft. Mein Gewehr sieht so echt aus, dass ich selbst daran glaube, es wäre echt. Ich gehe beschwingt dahin, als mir dämmert, dass es lächerlich ist, mit einem Plastikgewehr spazieren zu gehen.

Als ich bei der Pension Maria ankomme, fährt gerade meine Frau in ihrem todschicken Cabriolet vor, Sonnenbrille ins Haar gesteckt, knallrote Lippen, Kleid von Yamamoto. Sie hat in kürzester Zeit gelernt, das Flair der großen Welt auszustrahlen. Ich fühle mich neben ihr wie der Dorftrottel, der ich für sie wahrscheinlich auch bin.

Meine Frau: Hallo! Ich wollte mal nachsehen, wie es dir geht.

Ich: Danke, es geht mir hervorragend.

Meine Frau: Du hast dein Monatsgeld nicht abgeholt. Hast du denn noch welches?

Ich: Oh, mach dir keine Sorgen, ich habe genug Geld.

Meine Frau: Du gehst doch nicht etwa arbeiten?

Ich: Doch, genau das tue ich. (Pause, in der ich das Staunen im Gesicht meiner Frau genieße.) Ich prüfe derzeit verschiedene Angebote.

Meine Frau: Wie dem auch sei, ich wollte dir anbieten, wieder bei mir zu wohnen. Vergessen wir die Sache mit der Pistole einfach. Was meinst du?

Ich: Ich danke dir. Es ist nur … Ich habe derzeit so viel zu tun, und die Arbeit wird mir in nächster Zeit kaum Freiraum lassen. Ich brauche Zeit, um nachzudenken, weißt du. Und das kann ich hier in der Pension Maria am besten. Außerdem habe ich nette Nachbarn, wir sind schon gute Freunde. Ich danke dir für dein Angebot, ich rufe dich an. Es war schön, dass du vorbeikamst, ich danke dir.

Ich habe meine Frau noch nie so überrascht und hilflos gesehen wie in diesem Augenblick. Sie steht ratlos neben ihrem blitzblanken Cabriolet, dann steigt sie wortlos ein und fährt davon.

Jetzt gehe ich in den Wald und weihe mein Gewehr ein.

Das Unfassbare in Worte fassen

Ein Vater betritt das Zimmer seines 16-jährigen Sohnes und findet ihn tot im Bett liegend. Fassungslos irrt er fortan durch sein Leben, versucht den Tod zu bewältigen. Wolfgang Hermann spricht von der Wehmut, dem Schmerz und den Bemühungen, die gemeinsame Zeit erinnernd aus der Vergangenheit zu holen und im Jetzt spürbar werden zu lassen. Seine filigrane Erzählung vermittelt Trost und lässt Hoffnung aufleuchten.

»Die Zeit verschwand an jenem Morgen. So still war es nie im Haus. Ich schlug die Augen auf und wusste es. Aber es konnte ja nicht sein, es durfte nicht sein.«

Wolfgang Hermann
Abschied ohne Ende

ISBN 978-3-7844-3291-5

Langen*Müller* www.langen-mueller-verlag.de